바인더북

바인더북 11

2014년 6월 10일 초판 1쇄 인쇄
2014년 6월 13일 초판 1쇄 발행

지은이 산초
발행인 이종주

기획 팀 이주현 이재범
책임 편집 이정규

발행처 (주)로크미디어
출판등록 2003년 3월 24일
주소 서울시 용산구 원효로97길 46 5층
Tel (02)3273-5135 **Fax** (02)3273-5134
홈페이지 rokmedia.com **E-mail** rokmedia@empas.com

ⓒ 산초, 2013

값 8,000원

ISBN 979-11-255-6289-4 (11권)
ISBN 978-89-257-3232-9 04810 (세트)

BINDER BOOK
바인더북

11

| 산초 퓨전 장편소설 |

c o n t e n t s

BINDER
BOOK

여수신항에서

전남 여수신항.

해거름으로 치닫는 항구는 이제 슬슬 노을을 준비하고 있는 중이었다.

담용은 동료인 심종석과 함께 동백 군락지인 오동도가 한눈에 들어오는 해변 카페의 2층 창가 좌석에 막 자리하고 있었다.

'호오! 굉장하군.'

눈에 화악 들어오는 탁 트인 바다가 가슴까지 시원하게 뻥 뚫어 주는 것만 같아 전방의 경치가 유리창으로 가로막혀 있다는 것을 잊고 자신도 모르게 심호흡을 마구 해 대는 담용이다.

'후우욱. 훅. 훅.'

그렇게 여수 앞바다는 몇 번의 호흡만으로 단 하루도 빠짐 없이 귀에 쟁쟁거리는 소음과 코로 스며드는 역겨운 공해에 찌들어 있던 내면의 삭막함을 금세 저만치 밀쳐 버렸다.

아울러 대신해서 그 자리를 채운 건 청량한 머릿속과 심적인 여유로움이었다.

"어때?"

"네 말대로 경치가 정말 빼어나네."

심종석이 이곳으로 오는 내내 여수 앞바다 자랑을 해 댔던 것이다.

그렇게 설레발을 칠 정도로 일품 경치였다.

"그렇지?"

"응"

어제 저녁 식사 시작 전에 도착했지만 늦어서야 술자리가 끝났던 탓에 오후가 되어서야 일어날 수 있었다. 고로 미처 항구를 둘러볼 새가 없었던 담용은 그나마 며칠 앞서 왔다고 아는 체하는 심종석의 말에도 연방 고개를 끄덕이며 적극 수긍을 해 주었다.

실지로 수긍해 줄 수밖에 없는 경관이기도 했다.

"공기도 맑고 바다 냄새가 푸근한 것이 문득 여기서 살고 싶다는 생각이 들게 하는군."

"하하핫, 자네도 그런 마음이 들었다니. 사실은 나도 그랬어. 그런데 며칠 지나지 않아서 그런 마음이 쑥 기어 들어갈 거라고 하더라."

"누가?"

"신 선배님이지 누구겠어? 며칠 쉬다가 가는 건 모르지만 생업이나 노후를 여기서 보내며 안주한다는 건 여간 쉬운 일이 아니라고 하더라. 뭐, 들어 보니 나도 수긍이 가긴 하더라만."

"하핫, 그야……."

맞는 말이다.

누구나 전원생활을 동경하고 꿈꾸지만 그것은 실체를 겪지 못한 데서 오는 착각인 경우가 많다.

당장 여태 보지 못했던 생경한 풍경에 혹하고 사람들의 정감에 푹 빠지지만, 결국 몸에 익숙지 않은 삶에 금세 지치고 싫증이 나기 마련인 것이다.

이는 IMF 시절이 끝나고 얼마 지나지 않아서 도심 외곽으로 삶의 터전을 잡고 떠난 사람들이 이태도 지나지 않아서 속속 되돌아오는 것으로도 증명됐음을 너무도 잘 알고 있었기에 담용은 이의를 달지 못했다.

즉 단단히 작심하고 행하는 귀농이나 귀촌 현상과는 다르다는 얘기다.

이들 역시 귀농을 했어도 적지 않은 난관과 역경을 극복해야만 비로소 정착할 마음이 생기는 터였으니 혼인으로 인해 분가하지 않는 바에야 여태껏 살아온 터전을 옮긴다는 것 자체가 지난한 일이라 하겠다.

솔직히 나이를 먹는다는 건 그만큼 외로워진다는 의미이니 굳이 사서 인적도 없는 곳으로 가려는 사람들의 심리를 이해할 수가 없다.

외려 나이가 들수록 조금은 번잡하고 사람 냄새가 물씬 풍기는 곳에서 여생을 보내는 것이 훨씬 낫다는 생각이다.

거기에 나이가 들면 더 잦아질 수밖에 없는 병치레이고 보면 병원은 절대적으로 가까이 있어야 하지 않겠는가?

심종석도 그걸 예상했기에 하는 말이다.

여수麗水.

글자대로 해석하면 '물이 빛난다'다. 이 말은 '물이 좋다'는 뜻을 내포하고 있다. 즉 고운 물이 넘실대는 곳이라는 이미지를 품고 있음이다.

그래서 그런지 담용의 눈에 들어오는 여수의 바다는 실제로 너무도 아름다웠다.

'아! 그렇지.'

문득 뇌리에 떠오르는 생각은 여수세계박람회, 즉 엑스포였다.

1993년 대전엑스포 이후 19년 만인 2012년 우리나라에서 개최되는 두 번째 인정 박람회로 2007년 유치에 성공해 2012년에 개최하게 된다.

그리 가깝지 않은 장래에 도래할 얘기지만, 그때 본격적으로 유행한 말이 바로 여수가 세계 4대 미항 중 하나라는 말이었다.

원래는 3대 미항이지만 여수가 포함되어 4대가 미항이 된 것인데, 그만큼 아름다운 곳이라는 뜻이다.

담용은 '여수'라는 이름 자체도 새삼 멋있는 지명임을 깨달았다.

'엑스포가 열리는 장소가 어디쯤 되려나?'

아쉽게도 기억의 저편에서 그리 관심을 두지 않았던 사안이라 더 생각나는 것은 없었다.

"이제 곧 저녁 식사를 하려고 몰려드는 관광객들로 시끌시끌해질 거야. 사람 사는 맛이 나는 시간이 시작되는 셈이지."

"이곳에 와서 횟거리 같은 것 좀 먹기는 했냐?"

"응, 가끔. 근데 임무가 임무이니만치 느긋하게 허리끈을 풀어 놓고는 못 먹어 봤다."

"전라도 자체가 맛의 고장이라 군침이 돌았을 텐데도?"

"하하핫, 별수 있나? 참아야지. 그래도 이곳에서 나름 유명하다는 간장게장과 멍게장을 먹어 보긴 했지."

"간장게장은 알겠는데, 멍게장은 또 뭐냐?"

"하하핫, 백번 듣는 것보다 이따가 먹어 보는 게 느낌이 빠르지. 아마 너도 만족할 거야."

"아, 알았어."

"나는 맛도 맛이지만 여수의 인심과 구수한 입심이 한몫 거들어서인지 더 맛깔이 나는 것 같더라."

"야야, 군침 돌게 왜 이래?"

"하하핫, 난 지금 음식이 아니라 전라도의 인심과 입심을 말하고 있는 거라고."

"인심은 알겠는데 입심은 또 뭐야?"

"뭐, 생각보다 사투리를 안 쓰는 것 같긴 하지만 말하는 톤이 걸쭉해서 정감이 가드라."

"일부 연세가 많으신 어른들을 빼고는 모두 고등교육을 받은 사람들일 테니 사투리보다는 표준말을 쓰겠지."

"그런 것 같아. 단지 특유의 억양 때문에 서울 말씨와 조금 차이가 나는 것 같아 보였어."

그러고 보니 온 지 얼마 되지 않은 담용도 전라도 특유의 억양 말고는 생경함을 별로 느끼지 못하긴 했다.

지방마다 사투리가 참 구수하고 그 지역을 상징할 수 있는 요소이다 보니 정겨운 맛이 있는 건 사실이지만, 표준말로 교육을 받다 보니 많이 순화가 된 탓이리라.

"어차피 때가 되면 밥은 먹어야 할 테니, 난 간장게장을 적극 추천하겠어."

"일단 일부터 끝내 놓고 보자고. 그 전에는 뭘 먹어도 제 맛을 못 느낄 것 같으니까."

이는 마음이 쫀쫀한 것과는 달랐다. 아니, 마음의 여유가 없다고 하는 게 맞았다.

그도 그럴 것이 지금도 허탕을 치고 있는 건 아닌지 불안한 마음이었다. 즉 동료들에게 대놓고 말하진 않았지만 담용의 심리 상태가 조금은 초조한 상황인 것이다.

이는 놈들은 이미 볼일을 다 보고 떠났는데 늦게 도착해서 뒷북을 치고 있는 건 아닌가 하는 불안감 때문이다.

아무튼 한쪽에 묻어 둔 불안감을 슬쩍 감춘 담용이 힐끗 벽시계를 쳐다보았다. 저녁 일곱 시가 다 되어 가는 시각이다.

"일곱 시에 약속한 것 맞지?"

"응."

"그럼 곧 오시겠네."

"아마 하루종일 바쁘셨을 거야."

"비용을 지불하긴 하지만 생업을 미루게 하는 것 같아서 많이 미안하군."

"우리 코가 석 자이니 할 수 없지 뭐. 그보다 아무리 낯선 지역이라고 해도 그렇지, 제대한 지 얼마나 지났다고 벌써 촉이 무뎌지고 그래?"

"쩝! 그렇게 말하면 할 말이 없다만…… 여수가 생각보다 넓어서 어디서부터 알아봐야 할지 막막하더라. 게다가 바다까지 있어서 더 그랬어. 그래도 죽이 되든 밥이 되든 낚싯배라도 사서 쭉 돌아봤는데, 더 막막해지는 것 같아서

원……. 그렇다고 밀항자로 둔갑해서 대놓고 밀항선을 찾아다니는 것도 못할 짓이고 말이야."

한마디로 난감하더란 얘기다.

"그랬다가는 지금쯤 경찰서 유치장에 가 있을걸."

"하핫, 그래서 신 선배님만 믿고 기다릴 수밖에 없었다고."

'하기야 물어보는 내가 더 억지스러운 거지.'

"알아, 알아, 모래사장에서 바늘 줍기를 시킨 거나 마찬가지라는 거. 그렇게 따지면 나도 잘한 게 없지. 나 역시도 정보망팀과 독빡이가 감청한 정보만 가지고 나댄 처지니까."

기실은 영암목장도 맞물려 있어 마음이 더 급했던 것이라고 할 수 있었다.

마크 설리번과 만나는 시일인 7월 7일까지는 불과 나흘이 남았을 뿐이다.

"너 말 잘했다. 이왕에 말이 나와서 물어보는 건데, 야쿠자 놈들이 여기에 있긴 한 거냐? 솔직히 말해 봐."

뜨끔.

'젠장 할. 내가 그걸 확신한다면 이렇게 불안한 마음이겠냐?'

심종석의 물음에 내심 뜨끔했지만 곧바로 반박이 튀어나오는 담용이다.

그만큼 심리 상태가 날카로워져 있다는 증거였다.

"야! 시기가 문제인 것이지 최소한 열 명 정도는 있다고 확신해. 이건 정확한 정보니까 믿어도 된다고."

"열 명?"

"응, 인원이 더 될 수도 있고. 아니, 더 될 거야."

이렇게 확신하는 근거는 다름 아닌 사토 요시오와 니시무라 그리고 그 부하들의 숫자를 감안한 것이다.

사토 요시오는 일본에서 밀항해 온 야쿠자의 중간 간부이고 니시무라는 광화문에 있는 도해합명회사에서 파견한 행동대장인 것이다.

행동대장이란 자가 혼자 움직일 리도 없거니와 더욱이 일본에서 홀로 밀항해 왔을 리가 없다. 그러니 사토 요시오와 그 부하들이라면 못해도 스무 명은 훌쩍 넘을 것으로 추측이 됐다.

"인상착의 같은 것도 없어?"

"도청과 인터넷 해킹으로 빼낸 것이니 그런 게 있을 리가 없잖아?"

"쯧, 결국 너도 신 선배님밖에 기댈 데가 없다는 얘기군그래."

"그렇긴 한데…… 신 선배님도 단순히 어부일 뿐인데 밀수선과 연결시키기는 어렵지 않겠어?"

"밀수선을 다루는 놈들이 단순한 어부일 수는 없을 테니 그렇긴 해. 하지만 여수 바다에서 잔뼈가 굵었다면 루트를 찾는 게 그리 어렵지 않을 수도 있어."

"그건 맞는 말이야. 나도 그것 하나 보고 선배를 졸라서 소개를 받은 거니까."

실지로도 여수를 고향으로 둔 선후배 중 한두 명 정도는 뒷골목을 누비고 다닐 것이라는 전제하에서 배수철의 인맥을 이용한 것이다.

"밀수선이 실제로 존재한다면 그들끼리 조직이 있다고 봐야겠지?"

"어딜 가든 독불장군은 없는 법이니까."

"젠장. 해경에다 알아볼 수도 없고……."

"쿠쿡! 뭐라고 할 건데?"

"하긴 해경에 물어보기도 뭐하긴 하네."

"너무 걱정하지 마라. 신 선배님이 못한다고 해도 한 가닥 희망은 있으니까."

"그게 뭔…… 아하! 아침 댓바람부터 사라진 애들?"

"그래, 짱돌과 독빡이."

"푸힐, 달랑 두 녀석이 돌아다닌다고 해서 효과가 있을까 몰라."

"밑져야 본전이긴 하지만, 두 녀석이 모두 일본어를 할 줄 알거든."

"에? 저, 정말?"

"응, 짱돌 녀석은 서울대 일본어과 휴학 중이고 독빡은 재일 교포 출신이라서 풀어놓은 거다."

"그, 그래?"

"응. 둘 중 하나라도 촉수에 걸리면 놈들을 찾을 단서가
되지 않겠냐?"

"그야…… 근데 짱돌 말이다."

"걔가 왜?"

"서울대씩이나 다니는 놈이 조폭이라고?"

"뭐, 물어봤더니 어쩌다 보니 그런 처지가 돼 버렸다고 하
더라."

"헐! 아깝네. 공부도 잘해, 싸움도 잘해. 부러운 놈일세."

"너는 그런 게 부러운 거냐?"

"하핫, 표현이 좀 이상했나?"

"내가 보기엔 그런 계통에 오래 있을 놈은 아닌 것 같아."

"공부를 계속하겠대?"

"아직은 갈등 중인지 반반이더군."

"왜? 네가 쓸려고?"

"응, 기회를 봐서 얘기해 보려고."

"기왕이면 공부를 계속하라고 하는 게 낫잖아?"

"그렇긴 한데, 이 바닥에 맛을 들인 놈이라 당장은 어떨지
모르겠다."

"그놈이 은철이 하고 친한 것 같은데?"

"맞아. 길 중사하고는 훈련받을 때부터 부쩍 친해졌다고

하더라."

"거참…… 무식한 놈과 유식한 놈의 조합이라니. 별일일세."

"하하핫. 길 중사가 그 말을 들으면 쌍지팡이 들고 달려들겠다."

"하핫, 들고도 남을 놈이지. 근데 말이다."

"응?"

"놈들이 이미 떠나 버렸으면 어떡할 거냐? 대책은 세워 놔야 하지 않겠냐?"

"사실 나도 그게 좀 불안하긴 해. 딱히 이것이 정답이다 하는 게 없어서 말이야."

기실 당장 맹점이 되는 문제이긴 했다.

"지랄."

'후아, 답답하네.'

사안에 대해 이해를 못 하는 건 아니지만 그렇지 않아도 갑갑한 판국에 주관자인 담용까지 그런 말을 해 대니 숨구멍이 꽉 막히는 기분인 심종석이다.

고로 활활 속에서 천불이 나고 있었지만 꾹 참고 물었다.

"근데 석궁은 어디서 구했어? 삼연발에다가 한 손에 착 감기는 게 성능이 죽이겠더만."

"내려올 때 동건이가 준 거야."

"뭐? 하 중사가?"

"응, 놈들의 총에 대항하라는 의미로 직접 만들었다고 하더라. 니들이 죽으면 가슴이 많이 아플 것 같다면서."

"푸헐, 곰 같은 놈이 별별……. 어쨌든 재주 하나는 쓸 만하다니깐."

"수완은 더 뛰어나지."

"하긴…… 그건 모두가 인정하는 부분이지."

"내가 봐도 실하게 만들었더라. 덕분에 장거리 무기를 장착할 수 있어서 조금 더 안심이 되긴 해."

"하기야 사거리가 기껏해야 7m인 테이저 건으로 총기를 상대하는 건 무리지."

"애들에게 수시로 연습시켜."

"그건 염려하지 않아도 돼. 그러지 않아도 서로들 먼저 손에 익히려고 알아서 연습하고 있으니까. 근데…… 신 선배님이 좀 늦네."

벽시계는 7시 10분을 가리키고 있었다.

"일단 커피부터 한잔 마시자. 뭐 할래?"

"믹스커피."

"촌놈."

슬쩍 핀잔을 준 심종석이 주문을 하러 갈 때 막 계단을 올라서는 사람이 있었다.

척 봐도 '나 뱃사람이오.' 하고 광고라도 하는 듯, 강인한 구릿빛 살결에다 이마에는 굵직한 주름이 팬 당당한 체구의 사내였다.

더불어 덩치만큼이나 이목구비도 굵직굵직했다.

"어? 선배님!"

"종석이."

"좀 늦으셨네요."

"고로케 되얏구먼."

"마침 주문하려고 하던 참인데 뭐 드실래요?"

"나야 거시기…… 다방커피지."

그렇게 이른 신학성이 성큼성큼 걸어서 담용이 있는 자리로 다가와 철퍼덕 앉더니 물이 든 잔부터 들었다.

"어허. 오늘따라 허벌 나게 찌는구마이."

벌컥벌컥.

"선배님, 고생하셨습니다."

"고생은 뭐…… 돈 끗발 덕분에 힘든 것도 몰랐어야."

"하하, 돈이 있어도 쓸 곳을 알아야 제대로 쓰지요."

"그려. 그것도 참말로 맞는 말이지만서도 돈만 있다면 귀신도 부린다더니 그기 절대 헛말이 아니더라고."

"하하핫, 그렇게 말씀하시는 걸 보니 소득이 있었나 봅니다."

"소득인지는 잘 모르겠고…… 아메도 쩐이 더 필요하지 싶은디……."

자신이 받은 돈은 다 썼다는 얘기다. 그래서인지 슬쩍 걱정이 묻어나는 얼굴이다.

"선배님, 자금은 충분하니 비용은 염려하지 않으셔도 됩니다."

"그렇다문야…… 그려도 선배가 돼가꼬 어째…… 맴이 어째 짠허이."

"아이구, 그런 마음을 가지실 필요가 없습니다. 후배들이 여수에 와서 어떻게 할 줄을 모르고 갑갑해하던 차에 선배님이 떡 나타난 것만으로도 엄청난 도움이 되고 있는 참입니다. 진짭니다, 선배님."

"그려도 수철이 체면이 있는디……."

"아닙니다. 아니에요. 그렇게 물질적으로까지 폐를 끼칠 생각이었다면 선배님께 아예 연락도 하지 않았을 겁니다. 그러니 그런 말씀은 하지도 마십시오. 저희가 가진 돈으로도 일을 하는 데 전혀 지장이 없습니다. 그리고 돈이 필요한 일이라면 꺼리지 마시고 언제든 말씀하십시오. 곧바로 드리겠습니다. 자세한 말씀은 드릴 수 없으나 무엇보다 지금 하고자 하는 일이 돈보다 더 중요합니다."

"아, 알았구만이라. 여튼 뭐가 되얏던 나가 최선을 다해 볼 거구먼."

"정말 고맙습니다, 선배님."

입이 함지박만 해진 담용은 연방 사의를 표했다.

특전사 선임이라지만 근무지에서 단 한 번도 본 적이 없었던 신학성이라 아직도 어려움이 가시지 않은 담용은 결코 소홀히 할 수 없었다.

더구나 담용은 캄캄한 암흑천지인 처지에서 한 가닥 빛줄기를 보았으니, 아니 마치 천군만마의 지원군을 얻은 것이나 마찬가지였으니 입이 함지박만 해질 수밖에.

"아따 남사스럽고로. 고만하시게. 그라고……."

"예, 말씀하시지요."

"갸랑은 이따가 열두 시에 만나기로 혔는디…… 괜찮제?"

"그, 그럼요."

만나기로 했다는 말에 반색을 하는 기색이 완연한 담용이다.

"장소는 어딥니까?"

"그기 좀 얄궂어. 지 넘도 뭔가 켕기는 게 있어 놔서 이따가 다시 알려 주겠다던디?"

"아마 조심하느라 그러는 걸 겁니다."

"안 그려도 갸 입장이 그란 것 같은 눈치던디…… 암튼 간에 고넘이 약속은 칼같이 지킬 텡게 염려 말더라고."

"그렇겠지요. 하면 선배님과는 어떤 관계……?"

"동네 동상이여. 갸가 아그 때부터 좀 엇나가긴 혔지만 원바탕은 순딩이여. 야무진 넘이기도 했고. 딱 하나 몽니가 좀 심해서 그렇제."

"아, 예. 근데 몽니가 뭡니까?"

"아! 하하핫. 나가 군대서는 안 그렸는디 나이든 아재들하고만 어울리다 봉께 사투리가 좀 심하제?"

"하핫. 몽니만 빼고는 다 알아들을 수 있을 정도니 괜찮습니다."

"몽니는 고집을 뜻하는 말이구먼."

동네 후배가 고집이 있다는 얘기다.

"하핫, 사내라면 그 정도야…… 아무튼 수고하셨습니다. 일단 때가 됐으니 식사부터 하시지요."

"그러잖해도 마침 출출하던 참이구먼. 다 먹고살자고 하는 일인디 말여. 나머지 야그는 밥 묵으먼서 하더라고."

"하하하, 지당하신 말씀입니다."

"이왕에 댕기러 왔으니 나가 맛깔나는 집으로 데려갈 텡게 가서 한번 맛보더라고. 나가 대접할 텡게."

"감사합니다."

"자아, 이왕 가져온 커피니 마시고 가지요."

"그려."

쭈욱-!

심종석이 건넨 커피를 단숨에 들이켜는 신학성을 본 담용이 재빨리 눈짓을 했다.

이에 엄지와 검지를 동그랗게 만드는 것으로 답을 한 심종석이 상의 안주머니에 넣어 둔 하얀 봉투를 살짝 내비쳤다. 생업도 미루어 놓은 채 자신들을 도와주느라 동분서주하고 있는 신학성에게 줄 돈을 이미 마련해 놓은 것이다.

일종의 사례금인 셈이다.

고개를 끄덕인 담용도 얼른 커피를 비우고는 자리에서 일어섰다.

달빛이 여수의 바닷바람을 타고 내려앉은 지도 꽤나 오랜 시각이다.

담용과 심종석은 신학성의 안내에 따라 여수 KBS 방송국이 위치한 관문동의 한 커피숍에 와 있었다.

자정이 훌쩍 지나 버린 시각이라 커피숍에는 손님이 별로 없었다.

시간을 확인하던 신학성이 입구 쪽을 바라보며 입을 열었다.

"야가 연락도 없이 늦는 걸 봉께 사정이 있는가 보구먼."

"괜찮습니다. 미리 연락을 하지 않는다는 건 오겠다는 뜻이겠죠."

궁금한 것이 있었던지 심종석이 물었다.

"신 선배님, 후배의 관할이 여깁니까?"

"신항파라고 들었는디, 여그는 아닐 거구먼. 아메도 눈을 피할라고 택한 장소 같지러."

"아! 그럴 수도 있겠네요."

"지 넘도 입장이 곤란할 텡게 이해는 돼야."

하긴 조직을 택하려니 고향 선배가 울고 고향 선배를 택하려니 조직이 우는 격이니 입장이 곤란할 수밖에 없을 것이다.

그래서 눈을 피하려고 주 활동 무대인 여수신항과는 멀리 떨어진 관문동에다 약속 장소를 잡았는지도 모른다.

그것이 아니면 달리 이유가 있을 것이고 보면 이래저래 신학성의 마음은 별로였다.

절친한 친우인 배수철의 부탁이 아니었다면 내키지도 않았을 일이었다.

"어! 인자 오는구마이. 여그여!"

벌떡!

커피숍 문을 열고 들어서는 덩치를 본 신학성이 마침내 낯이 섰다는 듯 얼른 일어나서는 손을 들었다.

"허이고오! 성님, 죽을죄를 졌구만이라. 이 동상이 좀 늦어 부렀소."

"어어, 괜안타. 일을 하다 보만 그럴 수도 있제. 내는 암시랑도 안 혀."

반가운 마음에 덩치를 다독거린 신학성의 사투리가 심해지면서 목소리에 힘이 들어가고 있었다.

그런데 방금 들어온 사내의 말투는 얼핏 들어도 점잖게 말하려고 애쓰는 신학성의 사투리보다 더 심한 것 같았다.

"니도 다방커피제?"

"야, 지는 그것밖에 못 먹지라."

"어이! 아그야, 여그 커피 좀 찐허게 타 오니라."

"네에ー!"

여종업원의 대답을 귓등으로 흘린 신학성이 서로를 소개했다.

"동상, 인사혀. 이 성의 군대 후배들인게."

"으메. 그렇소?"

신학성의 소개가 있자마자 눈을 부릅뜬 사내가 벌떡 일어서더니 90도 각도로 허리를 접으며 걸걸한 음성을 토해냈다.

"인사드리것소. 지는 학성이 성님 동생인디 이문성이라고 안 허요."

"아, 예. 반갑습니다. 육담용입니다."

"저는 심종석입니다."

사내의 과도하다 싶은 행동에 덩달아 엉거주춤 일어선 담용과 심종석도 허리를 굽혀 눈높이를 맞춰야만 했다.

"학성이 성님은 나가 젤로 존경하는 성님이신디 성님의 군대 후배는 생전 첨 보는 게라. 그라이 허벌 나게 반갑고 좃그마이라. 하먼 그 짝도 특전사 출신인갑소."

"예. 당연히……."

바인더북

"으메으메. 어쩌까이? 알고 봉께 무시무시한 사람들이요, 잉."

"아, 하하핫. 그냥 군대일 뿐인걸요."

"나두 가고 싶었는디 그만 짤려 뿌렀소. 별이 솔찬혀서 말이어라. 아, 하늘에 떠 있는 별은 아니어라. 뭔 말인지 알 것소?"

감방살이한 것을 이상한 방식으로 자랑해 대는 이문성이다.

"예. 대충……."

"그란디 겁나게 조용한 촌구석에 뭣하러 왔다요?"

"동상, 나가 얘기혔잖여."

"성님, 지는 당사자한티 직접 들어 보고 잡은기라요."

"그 말이 옳습니다. 그렇게 물으시니 단도직입적으로 말씀드리지요."

더 이상 머뭇거려서 될 일이 아님을 안 담용이 얼른 본론을 끄집어냈다.

"우린 일본에서 밀항해 온 야쿠자들을 찾고 있습니다."

"에구마니나. 성님께 대충 듣기는 했소만, 그기 참말이었구마니라."

"부탁합니다. 수고해 주신 데 대한 사례는 충분히 하겠습니다."

"여수가 촌구석같이 좁은 곳이라고 혀도 땅띔하기가 에로

울 틴디 순전히 울 성님 덕을 보려고 무작정 내려온 것이구
만이라."

"예?"

담용은 말의 의미가 확 들어오지 않아 신학성을 쳐다보았
다.

"아아. 여수가 좁은 곳이긴 혀도 짐작하기 쉬운 곳이 아니
어서 뭘 혀도 고생하겠다는 뜻이라네."

"아아, 예."

하기야 여수에 도착한 이후로 내내 얼떨떨하긴 했다. 한눈
에 들어오는 곳이라곤 바다밖에 없었기 때문이다. 즉 길치에
방향치 신세나 다름없다.

"하핫, 여수는 머리에 털 나고 처음 와 본 곳이라 며칠이
지난 지금까지도 어디가 어딘지 모르겠습니다."

"욕보요."

수고가 많다는 뜻이다. 무슨 말인지 짐작한 담용은 인사를
할 때와는 달리 점점 시큰둥해져 가는 이문성의 태도에 지금
이 기름칠할 타이밍임을 알았다.

툭.

심종석의 옆구리를 치며 신호를 보냈다.

"뭐 해?"

"으, 으응?"

'에구, 눈치 없는 놈.'

바인더북

이런 일에 서툰 심종석은 얼빠진 눈빛으로 담용을 쳐다볼 뿐이다.

"준비한 것을 드리라고."

"엉? 아! 아, 알았어."

그제야 무슨 말인지 깨달은 심종석이 얼른 상의 안주머니에 손을 넣을 때 이문성이 손을 저으며 제지를 했다.

"아아, 잠깐 기다리더라고."

눈치가 백단이나 되는 듯 자리에서 일어난 이문성이 아직도 귀가하지 않고 한쪽 구석에서 시시덕거리고 있는 한 쌍의 젊은 연인에게로 다가갔다.

"아그들아, 너그들 열두 시가 넘었는데도 아작도 집에 안 가냐, 잉?"

덩치를 보는 것만으로도 대뜸 겁을 먹었는지 그 한마디에 두말 않고 자리에서 일어서는 두 남녀다.

낮말은 새가 듣고 밤말은 쥐가 듣는다는 조심성의 발로다.

무식한 덩치와는 달리 제법 잔머리가 돌아가는 편인 것 같다.

질린 얼굴을 한 청년이 눈치를 보며 계산대로 가는 것을 본 이문성이 한마디 더했다.

"아그야, 미안타. 그라이 계산은 됐꼬…… 니 깔치가 나짝이 쪼까 반반허니 집까지 델다 주고 가야 쓰것제? 시간이 야심하잖여. 그쟈?"

제 동생도 아니면서 별걸 다 챙기는 걸 보면 오지랖도 넓은 이문성이다.

"예."

꾸벅.

모기 소리만 하게 대답한 청년이 인사를 하더니 겁먹은 얼굴을 하고 있는 여자 친구를 데리고 잽싸게 나가 버렸다.

"흐미, 요즘 것들은 연애하는디 시도 때도 없어야."

자리에 앉던 이문성이 탁자에 놓인 하얀 봉투를 발견하고는 일부러 놀란 척해 댔다.

"잉? 이건 뭐시다요?"

"안면은 안면이고 거래는 거래이니 분명히 하고 싶은 마음의 표시지요."

"음마, 지대로 화끈해 버리는구만이라."

노골적으로 돈부터 들이대는 행동에 조금은 뻘쭘한 표정을 짓는 이문성이다. 하지만 싫지는 않은 기색이 역력하다.

담용도 신학성이 절반의 작업을 해 놓은 것을 아는 터라 적극적인 승부를 보려고 내민 돈이었다.

여기서 미적거리면 죽도 밥도 안 된다는 것은 기본이다.

그러나 한편으로는 튼튼하게 구축되어 있을 의리의 벽을 깨트려야 하는 일이었기에 조심스럽기도 했다.

"일단 확인하시지요."

"그러까?"

봉투를 뒤집어 내용물을 쏟은 이문성은 난데없이 통장과 도장이 나온 것에 어리둥절한 표정을 자아냈다.

"엥? 이거이…… 뭐, 뭐당가요?"

"거래에 대한 대가입니다. 일단 마저 보고 말씀하시지요."

"성님은 이럴 줄 진작에 알고 있었소?"

"아녀, 전혀 모르고 있었지."

"흐미, 이게 올매여?"

통장을 편 이문성의 눈빛에 욕심이 일렁이는 것이 확연하게 들어왔다.

이어서 손가락으로 동그라미를 세는지 하나씩 접어 갔다.

"허거걱! 숫자는 일인디 동글뱅이가 도대체 며, 몇 개여?"

"예, 보다시피 1억입니다."

"뭐, 뭐가 이리 많은겨?"

믿기지 않는 금액에 눈이 휘둥그레진 이문성의 말투가 살짝 떨려 나왔다.

한 번에 내질러 승부를 보자는 게 담용의 취지였던 탓에 예상했던 반응이었지만 그 표정만으로도 재미가 있었다.

1억이란 돈은 입막음용이기도 했으니, 대가치고는 결코 비싼 것이 아니었다.

뭐, 천문학적인 금액을 빼앗기 위한 미끼인 셈이기도 하다.

"그만큼 우리에게는 중요한 일이라는 뜻이지요. 그리고

만약에 일이 잘못됐을 때 쓰시란 뜻도 있고요."

"……."

선뜻 대답은 하지 않았지만 이문성도 바보가 아니었다. 말인즉 만에 하나 일이 들통 났을 때 피신할 자금이라는 뜻임을 모르지 않았다. 아울러 먹고도 체하지 않을 돈임은 본능적으로 알았다.

그래도 신학성의 체면을 보지 않을 수 없었다.

"크흐흠, 대가를 받는다고 생각허니께 맴이 짠하긴 한디……."

이문성은 그 나름의 뭔가가 마뜩지 않았는지 신학성을 쳐다보았다.

"동상, 이 성은 괜안으니께 부담 갖지 말고 받으랑께. 대신에 후배들이 애국하려고 하는 거니께 동상이 좀 도와줘야 쓰겠구먼."

"큼, 이거이 참말로 곤란하게 되얏구만이라."

신학성의 말에도 망설이는 척하는 이문성을 본 담용이 얼른 나섰다.

'쯧, 코스프레를 하는 것도 아니고…….'

담용은 여기서 결정을 봐야겠다는 생각에 입을 열었다.

"이문성 씨, 우린 신항파에는 전혀 관심이 없습니다. 순전히 쪽발이들에게만 관심이 있지요. 물론……."

"……?"

    담용이 말을 잠시 끊자 이문성의 눈에 살짝 이채가 떠올랐다.

    "뭐, 일을 하다 보면 혹시라도 신항파가 개입할 경우에 약간의 마찰이 있을 수는 있겠지만 말입니다."

    "그까이 꺼야 이해 못 할 것도 아니지만서두…… 성님 체면도 있는디 나가 우째 댁들의 안전을 걱정하지 안 것소?"

    "아! 그 문제라면 조금도 걱정하지 않으셔도 됩니다. 어떤 일이 일어나든 저희가 책임지니 마음 쓸 것이 없습니다. 거기에 대한 준비도 다 되어 있으니까요."

    "정 그렇다문야…… 성님도 같은 생각이우?"

    "그려. 모다 특전사 출신이라 그런 걱정일랑은 안 혀도 될 거구먼."

    "뭐, 지도 요즘 들어와가 두목이 쪽발이들이랑 자주 만나문서 뭔 일로다가 씀마씀마하는 일이 잦은지 고거시 께꼬롬해하던 참이었으라."

    "그런 맴이었으면 잘돼앗구먼그랴."

    "그려도 맴이 쬐까 껄쩍지근하다 안 허요?"

    "동상, 쪽발이 놈들이 밀항했다문 그기 제대로 된 일것 능가?"

    "지도 그럴 거라능 건 짐작은 하는디 지가 수정동사거리를 못 벗어나는 입장이라 자세한 내용은 잘 모르니께 안 그라요."

자신이 맡은 구역이 정해져 있어 벗어나면 곤란하다는 말이다.

"이문성 씨, 알고 있는 것만 말씀해 주시면 되니 굳이 직접 움직일 필요는 없습니다."

"맞습니다. 우린 조그만 단서만 있어도 만족하니까요."

담용의 말에 이어 심종석이까지 채근을 하고 나섰다.

"크응, 나가 원래 얍삽한 짓은 못 하는디 성님 체면을 봐서리…… 솔직히 말하문 돈도 탐이 나고 말씨."

"하기사 1억이 뉘집 갱아지 이름은 아니제? 후딱 집어넣어 부러!"

"켐! 그, 그라지라. 뭔 일로다가 그러는가는 물어보지 않는 게 예의것지라?"

"그야……."

덩치와는 다르게 눈치가 빠삭한 이문성이 봉투를 집어넣었다.

"좋시다. 그람 물어볼 게 있음 물어보지라. 나가 아는 대로 대답해 줄 텡게."

"고맙습니다. 쪽발이 놈들이 아직 이곳에 있습니까?"

"두목하고 부두목이 뻔질나게 어딘가를 드나드는 걸 보문 아작은 그런 눈치인 것 같은디…… 자세한 건 잘 모르겠어라."

"혹시 그놈들이 타고 온 배가 어디에 있는지 아십니까?"

"그건 모르요만 그걸 알 만한 사람은 대충 꿰고 있지라."

"누굽니까?"

"사시미 칼을 잘 써서 째보라고 부르는 우리 신항파 부두목이지라. 한마디로 살 떨리는 작자지라."

잔인한 면을 봤던 경험이 있었던지 지레 도리질을 해 대는 이문성이다.

"어디에 머물고 있는지 아십니까?"

"아는 거야 어렵지 않은디…… 그 작자를 잡기도 솔찬허것지만 설사 잡는다고 혀도 몽니가 허벌 난 작자인 데다 주댕이가 양글어서 웬만해 가는 입을 못 열 것이오."

"그건 저희가 알아서 해결할 테니 걱정하지 않으셔도 됩니다."

"그람 어떻게……?"

직접 안내해 주기가 껄끄럽다는 기색을 노골적으로 드러내는 이문성을 보고는 눈치 빠른 담용이 미소를 내보이며 말했다.

"직접 안내할 필요 없이 위치만 가르쳐 주시면 됩니다. 혹시라도 눈치를 채면 그쪽이 곤란할 테니까요."

"참말로 그려도 되것소?"

받은 대가에 비해 턱도 없는 일이라 고개를 갸웃하며 이문성이 확인하듯 되물어 왔다.

"그럼요. 그것만으로도 돈 받은 대가는 충분합니다."

"아, 알것구만이라."

한시름 놓은 듯 안색이 한결 편안해진 이문성이 일어나더니 카운터에서 메모지를 가져왔다.

곧이어 쓱쓱 몇 자 끄적이더니 쪽지를 담용 앞으로 밀었다.

"이 쪽지를 보고 나문 없애 버리쇼."

"그러지요."

쪽지를 갈무리한 담용이 은근한 말투로 권했다.

"가능하면 다툼이 일어날 때 나서지 않았으면 합니다."

"나가 나설 일이 있것소만, 정이나 나설 수밖에 없게 되문 몸을 사리도록 하지라. 그람 난 먼저……."

대가는 받았겠다 더 앉아 있기도 뭣했는지 이문성이 자리에서 일어섰다.

"성님은 우짤라요."

"후배들이랑 같이 가야제."

"그람, 지 먼저 가도 되겠지라?"

"그렇게 혀."

"이문성 씨, 감사했습니다."

"뭔 일인지는 잘 모르것지만 꼭 성공하소."

"꼭 그렇게 될 겁니다."

사토가 여자였어?

화르륵.

담용의 손에 든 쪽지가 금세 재로 화하고 있었다.

한데 얼핏 눈에 비치는 간단한 글귀 한 줄.

H호텔 508호, 3명

바로 이문성이 건넨 쪽지의 내용이었다.

내용인즉 5층 8호실에 부두목인 째보 외에 2명이 더 있다는 뜻이다.

이를 반영이라도 하듯 자신의 애마인 레인지로버의 범퍼에 기대선 담용의 시선에 그 홀로 밤을 잊은 듯한 H호텔이

떡하니 버티고 선 모습이다.

그렇게 버티고 서서 기다린 시간이 적지 않아 지루할 법도 했지만 지하에 위치한 나이트클럽에서 흘러나오는 음률이 큰 위로가 됐다.

조폭의 기반이 나이트클럽 같은 유흥업소라지만 거기서 흘러나오는 음악이라고 차별을 할 수는 없지 않은가.

정신없이 쿵쾅대며 강렬하게 공간을 찢어 대는 헤비메탈의 음률에 이어서 흐느적거리는 무용수의 몽환적 움직임을 그대로 반영한 듯한 블루스 음악은 아직은 20대 청춘일 뿐인 담용의 흥을 돋우어 주기에는 충분했다.

그 덕분에 후덥지근한 한여름 밤을 외롭지 않게 보낼 수 있어서 좋았다.

그러다가 문득 생각이 났는지 주머니 속에 든 휴대폰을 만지작거리는 담용이다.

'이 녀석들은 왜 연락이 없는 거지?'

짱돌과 독빡을 두고 하는 말이었다.

벌써 새벽 한 시 반이 넘어가는 시각이라 연락을 해 볼까도 싶었지만, 이왕에 기다렸던 바라 새삼스럽게 전화를 하기도 마뜩찮았다.

거기에 짱돌이 아침에 심종석에게 일러두고 간 말도 한몫했다.

―총괄본부장님, 큰형님께 전해 주세요. 어제 내려오면서 부탁하신 일을 하러 간다고요. 결과가 나올 때까지 전화도 하지 않을 테니까 기다리지 마시라고도 전해 주시고요. 대신 성공 여부를 떠나 내일 자정까지는 돌아오겠다고 하세요.

　담용이 일어나기 전인 오전에 있었던 일로 심종석에게 전해 들었던 말이었다.
　'짜식들. 밥은 먹고 다니나?'
　디리리. 디리리⋯⋯.
　"⋯⋯!"
　한창 음악에 취해 박자까지 맞추고 있던 담용은 손아귀에 쥔 휴대폰의 진동음에 퍼뜩 정신을 차렸다.
　담용이 액정을 살펴보니 짱돌이다.
　이놈도 양반이 되기는 글렀다고 하면서도 이제나저제나 하며 기다리던 전화라 휴대폰을 얼른 귀에 갖다 댔다.
　"그래, 나다."
　―큰형님. 놈들을 찾은 것 같습니다.
　"어? 그래?"
　―예.
　"거기가 어딘데?"
　―해안 도로에 있는 오동회관입니다.
　"오동회관? 잠깐 기다려 봐."

벌컥.

재빨리 차 문을 연 담용이 준비해 둔 지도를 펼치고는 플래시를 비췄다.

그리 어렵지 않게 오동회관을 찾은 담용이 입을 열었다.

"그래, 그곳이 어딘지 알겠다. 근데 어떻게 찾았어?"

─조금 전에 합류한 독빡이하고 식사를 하러 들어갔다가 우연히 일본어가 들려오는 걸 듣고 알았습니다.

"하하핫. 잘했다, 잘했어."

가뭄에 단비 같은 소식이라 담용의 입가에 웃음이 걸렸다.

─뭘요. 순전히 운빨로 녀석들을 발견한 건데요.

"짜식, 운도 실력인 거다. 근데 확실한 것 같긴 해?"

─독빡이 말로는 요코하마 애들 같다니까 야쿠자들이 틀림없을 겁니다.

"요코하마?"

─예. 아시다시피 모리구치구미의 나와바리가 거기잖습니까?

"독빡이는 그걸 어떻게 알았대냐?"

─놈들의 입에서 '하맛코'라는 말이 튀어나왔답니다.

"하맛코? 그게 무슨 말인데?"

─요코하마 출신을 칭하는 말이랍니다.

"오오! 독빡이가 그렇게 들었다면 정확하겠지. 근데 일본 애들뿐이냐?"

-그럴 리가요? 한국말도 들려오는 걸 보면 술자리에 같이 어울리고 있는 것 같은데요?

　"한국 애들은 어때 보여?"

　"전부 방에 들어가 있는 통에 얼굴을 못 봤습니다. 하지만 말투만으로도 딱 우리와 같은 과던데요, 뭐. 어쨌든 관광객은 절대 아닙니다."

　"또 주위들은 말은 없고?"

　-놈들이 있는 곳이 방이라 그 앞에서 얼쩡거릴 수가 없었습니다. 하지만 대충 들어 본 내용 중 '사이고'란 말이 자주 나오는 걸 보면, 오늘이 마지막 날이라는 것 같았습니다.

　"알았다. 나머지 얘기는 가서 듣자. 늦어도 10분 내로 도착할 테니 잘 지켜보고 있어."

　-넵!

　통화를 끝낸 담용은 곧장 심종석에게 전화를 걸었다.

　-어, 말해.

　"짱돌이 개들을 찾은 것 같다고 연락이 왔다."

　-어? 정말?

　"응, 잠시 다녀올 테니 잘 지키고 있어."

　-잘됐다. 그러지 않아도 인상착의를 몰라서 째보란 놈이 들어왔는지 나갔는지 헷갈리던 참이었는데. 빨리 갔다 와라. 기왕이면 사진도 좀 찍어 오고.

　"하하핫. 그건 가 봐야지."

─아무튼 여긴 염려하지 말고 갔다 와라.

"오케이."

끼익. 벌컥.

'흐음, 역시 질리지가 않아.'

애마에서 내리는 담용의 코로 들어오는 진한 바다의 향기.

이어서 다시 한 번 시야에 가득 들어오는 여수 밤바다.

오랜 세월 변함없이 여수의 정경으로 조용히 내려앉아 있었을 밤바다가 오늘따라 달빛을 한껏 머금은 채 눈앞에 펼쳐져 있었다.

도심이 주었던 피로감이 그대로 녹아내리는 것만 같은 청량함과 정취는 그야말로 매혹 덩어리가 아닐 수 없다.

그래서인지는 몰라도 감이 참 좋다.

행위로 인해 달라지는 것이 운명이라면 자신이 여수로 온 것은 앞으로의 일에 도움이 될 게 확실했다.

그렇게 잠시나마 매혹의 상념에 젖어 있는 담용을 깨우는 눈치 없는 목소리가 들려왔다.

"큰형님."

"……!"

퍼뜩 상념을 털어 내는 담용의 앞으로 짱돌과 독빡이 빠른 걸음으로 다가왔다.

고생을 했는지 어제보다 더 후줄근해진 모습들이다.

"너희들…… 밥은 먹고 다녔냐? 몰골이 왜 그래?"

"에구, 웬걸요? 하루 종일 쫄쫄 굶었습니다."

"일본 놈이라곤 씨알도 안 보이는 통에 초조해지니 당최 입맛이 있어야지요."

짱돌과 독빡이 차례로 대답했다.

뭐, 여수가 부산일 수는 없으니 어쩌면 당연한 일인지도 모른다.

"저런! 그럼 저녁은?"

"그게요, 식사를 하는 도중에 방에서 새어 나오는 일본 말을 듣는 바람에 그냥 튀어나왔거든요. 큰형님께 빨리 알려야 할 것 같아서요."

"그럼 지금이라도 뭘 좀 먹지 그러냐?"

"에이, 그래도 허기는 면했으니 괜찮습니다."

"큰형님은 소득이 좀 있었습니까?"

"약간…… 하지만 너희들이 더 큰 건수를 잡은 것 같다."

"히히히, 그랬으면 좋겠지만 잔챙이들일지도 모르는걸요."

"그래, 들은 말이 뭐야?"

"워낙 시끌시끌해 놔서 별로 들은 건 없습니다만, 조합해 보면 무슨 작업 끝에 회식을 하는 것 같은 눈치였습니다. 그것도 마지막 회식요."

"흠, 언제 떠난다는 말은 없었고?"

"서로가 말이 안 통해서 그런지 건배와 간빠이만 줄창 씨부리던걸요."

"알았다. 내가 들어갈 볼 테니 자연스럽게 행동하고 있어. 가능하면 눈에 안 띄는 곳으로 가. 아! 내가 언제 연락할지 모르니 휴대폰은 손에서 놓지 마.

"옙!"

짱돌의 칼 같은 대답을 뒤로하고 성큼성큼 걸어간 담용이 회관의 문을 열려고 할 때였다.

'벌컥' 하고 출입문이 열리면서 정장을 한 사내 두 명이 문의 손잡이를 잡은 채 재빠른 동작으로 양옆으로 벌리고 섰다.

덕분에 출입문이 활짝 열렸다.

그러나 그것도 잠시 곧이어 날렵하게 생긴 체구의 사내가 황급히 뛰어나오면서 담용을 향해 파리 내쫓듯 손을 저어 댔다.

"어이, 거시기, 쪼까 옆으로 비켜 주더라고."

'저 자식이?'

예의라곤 찾아볼 수 없는 사내의 말투에 살짝 기분이 나빠졌지만 시비를 걸 만한 일이 아니라고 여겨 옆으로 비켜 섰다.

또각. 또각. 또각. 또각.

'응?'

뜻밖에 들려오는 여성의 또렷한 힐 소리에 담용의 눈이 가늘어지면서 미간이 슬며시 찌푸려졌다.

'여자?'

출입문의 손잡이를 잡고 있는 정장의 사내들은 몰라도 자신에게 말을 건 사내는 얼핏 봐도 조폭 냄새가 확 풍겼다.

그렇다고 해도 이곳은 화류계 여성이 접대할 만한 장소가 아니었다.

그렇다면 두목의 부인쯤 될라나?

'풋! 조폭 마누라라도 왕림한 거야?'

아직은 상영이 안 됐을라나?

잘 기억이 나지는 않았지만 문득 그런 생각이 들었다.

또각거리는 소리가 가까워지자 담용의 눈도 살쾡이 눈처럼 날카롭게 변했다.

오동회관에 볼일이 있는 담용으로서는 관심이 가지 않을 수가 없는 일이라 당연한 촉각이었다.

마침내 뒤에 우람한 체구의 사내를 달고 나타난 여인.

청색 일색이었지만 가장 먼저 눈에 확 띄는 건 패션모델이 런웨이를 걷듯 엑스 자 걸음걸이라는 점이었다.

물론 바닥이 고르지 않아 힘이 실린 걸음은 아니다.

그다음이 사내처럼 짧게 커트한 탓에 스포티하게 보이는

머리스타일이었다.

그것이 묘하게도 보는 이로 하여금 어울린다는 생각이 절로 들게 했다.

이어 계란형의 민낯에 방금 쥐를 잡아먹고 온 듯한 새빨간 입술이 또 묘한 자극을 유발시키고 있었다.

보이시한 청색 재킷은 도발적으로 튀어나온 가슴의 골을 숨기지지 못했고, 착 달라붙는 슬림핏 청바지는 그녀의 늘씬한 각선미에 방점을 찍고 있었다.

'흠, 꽤나 잘 어울리는 차림새군.'

한눈에 들어온 여인의 인상은 그런대로 강렬한 편이었다.

나이는 대략 30세 전후.

신발은 예상했던 대로 나이에 걸맞은 힐이다.

다만 스틸레토 힐, 즉 굽이 높은 킬 힐이 아니라 5cm 높이의 안정감 있는 키튼 힐이다.

몇 개의 돌계단을 내려선 그녀의 앞으로 까만 승용차 한 대가 스르르 나타난다 싶더니 잽싸게 내린 운전기사가 조용히 뒷문을 열었다.

탑승을 하려던 여인이 돌아섰다.

"손 상, 오까게 사마데 타스까리 마시따."

가늘지만 스타카토처럼 딱딱 끊어지는 음색에는 제법 힘이 실려 있었다.

덕분에 도움이 됐다는 사의를 표명하는 말이었지만, 배웅을 나온 사내는 마치 넉넉한 마음이라도 보여 주려는 의도인지 큰 웃음만 날려 댔다.

"하하하핫."

'쯧! 허세는…….'

담용은 단박에 무슨 말을 했는지도 모르고 웃음을 터뜨렸다는 것을 알았다.

보고 있자니 참으로 한심하기 그지없다.

일본 여성은 태도나 자세가 정제된 채 잘 갈무리된 모습이었지만, 사내는 덩치만 컸지 허점을 온몸으로 드러내고 있는 빈 깡통 같은 인상을 그대로 보여 주고 있었다.

꼭 그 자신이 배운 바도 본데도 없다는 것을 자랑이라도 하듯 말이다.

'한심한…….'

거기에 대화의 타이밍까지 놓치고 있지 않은가?

"쟈가 시방 뭔 소리를 하고 자빠졌당가?"

등허리에 달라붙듯 뒤따라온 왜소한 사내에게 묻는 말투가 마치 코미디 한 편을 보는 것만 같다.

"사장님 덕분에 큰 도움이 되었다고 하네요."

짝!

"맞어. 지대로 알고 있구만이라. 아그들이 무쟈게 고생들혔지라. 함은 시방 나가 뭐라고 대꾸하면 조으까?"

"'도우이 이따이마시따.'라고 말하면 됩니다."

"그기 뭔 뜻이당가?"

"'별말씀을요.'라는 뜻이니 겸손을 떨 경우에 딱 맞는 말입니다."

"그려?"

"예."

덩치가 발음 연습을 하느라 몇 번을 되뇌고는 느닷없이 크게 웃어 댔다.

"크하하하. 사또우 상, 또우이 이타마시따. 또우이 이타마시따!"

"아리가도……."

괄괄한 목소리로 연방 되지도 않은 말을 토해 내는 사내에게 묵례를 하는 듯 마는 듯 해 보인 여성이 승용차에 올라탔다.

그녀는 모습을 드러낸 후부터 끝까지 절제된 행동으로 일관하는 태도를 보여 주고 있었다.

'흠, 쉽게 감정의 기복을 드러내지 않는 걸 보면 결코 만만찮은 여자로군.'

행동 하나만으로도 절대 쉬운 여자가 아님을 알 수 있었다.

'지랄.'

보고 있자니 왜 아무런 관계도 없는 자신이 창피한지 모르겠다.

바인더북

그러나 담용은 여성의 행동과 표정에 압도된 나머지 사내의 입에서 '사또우'라는 이름이 나온 것을 미처 듣지 못하고 흘려버리고 말았다.

하기야 사내의 발음이 워낙에 개차반이었으니 알아듣지 못할 법도 했다.

'미행을 해 봐야겠군.'

출입문의 손잡이를 잡았던 사내 두 명 역시 덩치 사내에게 절도 있게 묵례를 해 보이고는 각기 조수석과 뒷좌석에 올랐다.

이 역시 전형적인 일본 야쿠자의 절제된 행동이다.

부릉…….

시동을 건 승용차는 금세 시야에서 사라졌다.

구질구질하지 않은 데다 깔끔한 작별에 이어 미련을 두지 않은 출발이었다.

"하! 고거시 말이여. 끝까정 얼음탱이 마녀 숭내를 내는 구마이라."

배웅을 끝낸 사내가 저 혼자 중얼거리더니 다시 안으로 들어갔다.

'흠, 째보라는 인간은 아닌 것 같군.'

사시미 칼을 잘 다루는 자라고 했는데, 저렇듯 무식한 덩치는 오히려 칼날을 무디게 할 것 같았다.

'그나저나 요즘은 조폭도 배워야 한다는 걸 모르나?'

담용은 힘만 앞세우는 조폭들의 전형적인 행태를 보는 것만 같아 씁쓸한 마음이었다.

어쨌거나 소중한 정보가 눈앞에서 벌어진 상황이다.

그 즉시 난간에서 열심히 바다를 구경하는 척하고 있는 짱돌에게 미행하라는 신호를 보냈다. 분명히 야쿠자와 연관되어 있을 것이 틀림없을 여인이라 소홀히 할 수가 없었다.

담용의 신호와 동시에 후다닥 움직인 짱돌과 독빡이 랜트를 한 차량에 탑승해 출발하는 것을 본 담용이 그제야 식당 안으로 들어갔다.

"어서 오세요."

"아, 예."

생활한복을 곱게 차려입고서는 상냥한 말투로 손님을 맞는 여종업의 환대에 담용이 어색하게 웃었다.

"아직 영업 중인가요?"

"그럼요. 우리 식당은 24시간인걸요. 그런데 혼자세요? 아님 일행이 있으신가요?"

"그게…… 일행이 여기 있다고 해서 오긴 했는데, 시간이 좀 지나서 아직 있을지 모르겠습니다."

"호호호, 인상착의가 어떻게 되시죠? 자리에 계신다면 제가 찾아 드리겠어요."

"아, 감사합니다. 찾기는 쉬울 겁니다. 20대 초반의 곰같이 제법 덩치가 실한 친구와 호리호리하게 생긴 친구니까요."

"아! 그 사람들이라면 기억나요."

"그래요? 어, 어디에 있습니까?"

"그런데 어쩌죠? 그분들은 조금 전에 나갔는데요?"

"그, 그래요?"

담용이 살짝 실망한 기색을 띠자 여종업원이 얼른 말했다.

"네. 식사를 하다 말고 갑자기 급한 일이 생겼는지 허겁지겁 나가던걸요."

"에이, 제가 한발 늦었나 보네요."

"그러게요."

"저…… 죄송하지만 화장실 좀 쓸 수 있겠습니까?"

"그럼요. 안쪽에 있어서 신발을 벗어야 할 거예요."

"감사합니다."

신발을 벗은 담용이 화장실 표식이 있는 곳을 따라가면서 차크라의 기운을 귀에 집중시켰다.

새벽 두 시를 향해 가는 시각이라 방이든 홀이든 손님이 뜸한 상황이다. 그래서 유독 떠들썩한 소음이 들려오는 곳은 딱 한 군데뿐이었다.

신경을 곤두세운 채 슬쩍 지나갈 때다.

"……아사 하야쿠 숫빠쯔……."

'응?'

별안간 스치듯 들려온 대화 소리는 담용이 듣고자 하던 내용이라 곧바로 귀를 바짝 세웠다.

하지만 발음도 정확하지 않은 데다 여타의 소음에 뒤섞여 금방 알아들을 수 없게 돼 버렸다.

'쩝. 아쉽군.'

그래도 약간이나마 들인 노력에 대한 소득은 있었다.

'아침 일찍 출발한다고?'

번역을 하면 대충 그런 내용이었다.

'아까 그 여자가 두목일 리는 없을 테고…….'

문을 열고 확인할 수도 없는 상황이라 딱히 뾰족한 묘안이 떠오르지 않았다.

그러나 애초에 의도가 있었던 방문이었던 만큼 손에 물만 묻히고 나온 담용의 마음이 조금 바빠졌다.

"감사했습니다."

"호호, 뭘요. 안녕히 가세요."

한편 검은 승용차를 열심히 추적하고 있던 짱돌은 시간이 30분이 넘어가자 불안감이 슬며시 드는 것을 느꼈다.

해안 도로를 빠져나와 얼마간을 달리자 도로 주변의 경관이 확 바뀌면서 산밖에 보이지 않았다. 민가가 전혀 없는 지역은 분위기까지 썰렁해 기분이 영 별로였다.

그렇다고 추적하던 걸 멈출 수도 없어 옆에서 끄덕끄덕 졸고 있는 독빡을 깨웠다.

"야! 독빡! 일어나!"

화들짝!

"응? 다, 다 왔어?"

"지랄하네. 인마, 정신 좀 차려!"

"어, 미안. 근데 가로등도 없고…… 왜 이리 깜깜해?"

"산길로 들어와서 그래."

"시간은 얼마나 지났어?"

"추적한 지 30분이 넘었어."

"헐! 그런데도 멈출 생각을 안 한다고?"

"응."

"혹시 서울로 올라가고 있는 건 아닐까?"

"글쎄."

"어이구야! 지랄을 해요, 지랄을."

"씨불 넘."

"너 왼쪽이 낭떠러진 거 알기나 해?"

"몰라. 길만 보고 가는 중이거든. 지금은 그마저도 벅찰 지경이라구."

"우워. 이넘 이거…… 강심장일세. 암튼 운전 좀 조심해야 쓰것다."

　그렇게 말하고는 서둘러 안전벨트를 매는 독빡이다.

"나도 초행길이라 불안하긴 마찬가지야. 근데 얘들 무지하게 속력을 내나 보다. 아무리 달려도 안 보이네."

"야야, 저기 이정표 나왔다."

"네가 좀 확인해 봐."

"그……래. 만흥IC?"

"뭐?"

"만흥교차로란다. 알어?"

"제길. 알 턱이 없잖아? 몇 킬로미터 남았대?"

"어두워서 못 봤어."

"가다 보면 또 있겠지. 신경 쓰지 마."

"젠장 할. 추적이고 뭐고 상향 라이트를 켜고 달려! 일단 좀 벗어나자. 씨파, 가로등도 없고 뭐 이래?"

"도로가 난 지 얼마 안 된 것 같은데…… 알았어. 일단 뭐라도 꽉 잡아!"

"아, 알았어."

딸깍. 끼릭. 꾸우욱.

상향 라이트를 켜고 기어를 변속한 짱돌이 액셀러레이터를 지그시 밟았다.

부아아앙-! 털컹. 털커덩!

"윽!"

요철에 걸렸는지 차량이 마구 요동을 쳐 댔다. 그 와중에도 독빠의 눈에 들어오는 것이 있었다.

"어? 저거 골프장 같은데?"

"야, 지금 그게 눈에 들어오냐?"

"놈들이 안 보이는 걸 어떡하라고?"

"그러게. 이럴 리가 없는데……."

"제길. 진짜로 안 보인다구."

"잠깐, 잠깐. 가만있어 봐."

"왜?"

"생각을 좀 해 보자."

"뭘?"

"잠시만 기다려 보라니까."

"그래, 나 같은 돌팍보다는 머리 좋은 놈이 대갈빡을 굴리
는 게 훨 낫겠지. 니 알아서 해라."

꼬르륵.

"이런 제길. 먹다가 도망 나온 태가 확 나네."

"독빡아."

"왜?"

"우리도 초행길이지만 일본 애들도 초행길이긴 마찬가지
잖아?"

"그야…… 근데 그게 왜?"

"놈이 레이서가 아닌 이상 똑같이 어리바리한 상태에서 우
리 시야를 벗어날 수 없다는 얘기지."

"그래서 우짤긴데?"

"놈들이 우리가 추적하는 걸 눈치챘다고 보고 행동해야 한다는 거지."

"에? 정말?"

"틀림없어. 놈들은 우리 뒤에 있어."

"젠장. 샜구나."

"길이 없으니 샌 건 아닐 테고 잠시 은신했을 거야. 아니면 우리가 지나치자마자 왔던 길을 되돌아갔을 수도 있지."

"그렇다면 뭘 망설여! 빨리 차 돌려!"

"붕신아, 놈들은 네 명이라 부닥치기라도 하면 상대가 안 된다는 걸 몰라?"

"씨불, 그럼 우짤긴데? 시간이 자꾸 가잖아!"

"짜식, 놈들이 처음부터 이 길을 택한 게 애초 미행을 따돌리려는 의도 때문은 아니라는 거지."

"맞다. 여수에 있는 동안 편하게 지냈을 텐데 새삼스럽게 왜 그런 생각을 하겠냐?"

"바로 그거야. 이 길 끝에 놈들의 목적지가 있다는 얘기지."

"와아, 맞다! 짜식, 머리 좋네."

"좋아. 이 엉아가 꼭 찾고 말 테니까, 아무거나 꽉 잡아!"

꾸우욱.

부아아아앙―!

"야야, 미쳤어? 속도 줄여!"

"만흥교차로까지만 참아."

"아쒸, 엄마는 보고 죽어야 되는데……."

"참나, 안 죽여, 짜샤! 빨리 전화나 해 드려."

"쳇! 이런 놈들이 꼭 죽여 놓고 미안하다고 하는 거 다 알아, 인마."

"나참, 별별별……."

"오야붕, 지나갔습니다."

"돌아서 가."

"옛!"

"곤도."

"옙! 오야붕."

"누굴 것 같냐?"

"죄송합니다. 하지만 신항파는 아닐 겁니다."

"신항파가 아니면? 지금 우연일 수 있다고 여기는 건가?"

"그동안의 일을 보면 그럴 수도 있다고 생각합니다만……."

"흠, 너무 조용하긴 했지. 마사오."

"하이! 오야붕."

"어디서부터 봤다고?"

"해안 도로를 벗어나면서부터였습니다."

"이 도로는 외길인 걸로 아는데, 아니었나?"

"맞습니다만 조심해서 나쁠 건 없다고 여겨져서요. 더구나 시간대가 별로 좋지 않습니다."

"그렇군. 만에 하나라…… 그럴 법한 생각이다."

순순히 인정하는 여성, 즉 오야붕으로 불리는 사토 요시오다.

"마사오, 다른 길이 있나?"

"있습니다."

"그럼 그리로 가도록."

"30분 정도 더 걸릴 것입니다."

"상관없어, 곤도는 니시무라에게 좀 늦는다고 연락해 줘."

"하이!"

"겐이치는 신항파에 전화해서 여수에 수상한 자들이 없나 살펴보라고 해."

"옛!"

"그…… 부두목이란 자가 꽤나 똑똑해 보이더군."

"알겠습니다."

사토가 한 말의 의미를 알아들은 겐이치가 휴대폰을 들었다.

"어? 왔어?"

"응. 놈은 아직이야?"

"저길 봐."

"……?"

심종석이 가리키는 곳을 본 담용은 곧 변화가 있었음을 알았다. 바로 신항파의 부두목인 째보가 장기 투숙을 하고 있다는 객실에 불이 켜진 것이다.

내도록 꺼져 있던 불이 켜졌다는 것은 사람이 들어왔다는 의미였다.

"얼마나 됐어?"

"조금 전에. 10분도 채 안 됐어."

"마침 잘됐네. 놈들이 새벽에 출발할 것이라는 정보가 있어서 마음만 급했는데."

"시간은?"

"그건 몰라."

"어? 그럼 서둘러야겠네."

"그래. 감시 카메라는?"

"여기……."

심종석이 감시 카메라의 위치를 표시해 둔 A4 용지를 펼치고는 플래시를 비췄다.

"보다시피 모두 여섯 군데야. 당연히 복도에도 있을 테고."

"복도까지 갈 일은 없을 거야."

"아무튼. 근데 감시 카메라 때문에 가능하겠어?"

"캄캄한데 날 쳐다본다고 해서 누군지나 알겠어? 보안등만 부숴 줘."

"뭐? 보안등을 부수라고?"

"하핫, 제대로 알아들었네."

담용은 굳이 염력을 쓰지 않아도 될 것 같아 석궁을 사용해 보안등을 깨트리기로 했다.

"누가 석궁을 제일 잘 쏘지?"

"박영길이가 가장 손에 익은 모양이더라."

"부탁하자."

석궁으로 호텔 주변을 밝히고 있는 보안등을 깨트리라는 말이었다.

"참나, 그거 범죄 행위다, 너. 아무튼 알았어. 불이 꺼지면 경비가 나와 볼 수도 있으니까 빨리 움직여야 할 거야."

"경비가 나오면 잠시 붙잡아 둬라."

"푸훗! 끝까지. 그런 건 맡겨 놓고 넌 빨리 옷이나 갈아입어."

"오케이."

담용은 그 즉시 심종석이 준비해 놓은 복면을 쓰고 밤과 동화되는 검은 야행복으로 갈아입었다.

잠시 후, 보안등이 석궁의 쿼럴quarrel에 퍼석퍼석 박살이 나면서 주변이 제법 어둑해졌다.

그 순간, 검은 야행복 차림의 담용이 빠르게 접근했다.

건물 벽에 부딪칠 것만 같았던 담용이 '파팍' 소리를 내며 벽을 박차더니 점프를 시도했다. 이어서 그의 두 손이 '턱' 하고 객실마다 라운딩 형식으로 튀어나와 있는 발코니에 걸렸다.

철봉을 하듯 상체를 쑤욱 올려서 챈다 싶더니 이내 철제 난간에 올라선 담용이다.

그러곤 지체하지 않고 3층 발코니 역시 같은 방식으로 올라간다 싶더니, 연거푸 4층과 5층의 발코니로 올라서는 것은 순식간이었다.

곧 살며시 다가선 담용이 실내의 기척을 살피기 시작했다.

담용이 건물 벽을 박차면서 침입을 하고 있는 그 시각, 이제 막 샤워를 끝냈는지 가운 차림으로 나오는 째보에게 부하 하나가 휴대폰을 건네고 있었다.

"뭐야?"

"사토 오야붕의 경호원 전화데요."

"뭐? 두목과 같이 있잖아?"

"전화를 건 친구는 겐이친데 사토 오야붕이 옆에 있다는 걸 보니 송별회는 끝난 것 같은데요?"

"그래?"

부하에게서 휴대폰을 건네받은 째보가 입을 열었다.

"김구만이오."

-김 상, 겐이치요. 아직도 공장에 있는 거요?

"아니오. 이제 막 공장에서 돌아와 씻었소만…….."

-일은 다 끝낸 거요?

"그렇소. 출발만 하면 되오. 자세한 건 니시무라 상에게 물어보면 될 거요."

-알겠소. 그리고 오야붕께서 수고하셨다는 말을 전해 달라고 하오.

"대가를 받고 한 일이오. 어쨌든 감사하다고 전해 주시오."

-지금 제 옆에 계시오. 말을 알아듣지 못하시더라도 그 마음은 전달됐을 것이오. 그건 그렇고 한 가지 물어봅시다.

"말해 보시오."

-혹시나 하는 마음에서 묻는 것이오만, 여수에 신항파 식구들 외에 다른 자들이 와 있는 거요?

"엉? 그게 무슨 말이오?"

-송별회장에서부터 뒤를 좇는 자들이 있어서 묻는 것이

외다.

"뭐요? 그게 정말이오?"

―거짓을 말할 이유가 있겠소?

"으음, 알겠소. 거기가 어디요?"

―성심병원이 보이오만…….

"그럼 병원 주차장에서 움직이지 마시오. 내가 직접 가겠소."

―아아, 그럴 필요까지는 없소.

"아니, 왜……?"

―솔직히 말하면 미행이 의심되는 상황이지 확실하게 확인된 것이 아니라서요. 아시다시피 우리에게 민감한 시기 아니요?

"이해하오."

―이렇게 하지요. 김 상이 직접 움직일 만한 일은 아닌 것 같으니 부하들을 지원해 줬으면 하오만…….

"그게 뭐 어렵겠소. 부하들을 보내 공장까지 호위하도록 하겠소."

―고맙소.

"천만에. 그럼…….'

탁.

폴더를 덮은 김구만이 미간을 잔뜩 찌푸린 채 입을 열었다.

"떡칠아, 우리 바닥에 수상한 놈들이 들어왔다는 정보가 접수된 게 있었냐?"

"성님, 시방 뭔 소리여라? 감히 언 넘이……?"

"아아, 정확한 건 아니고…….”

"참, 성님도…… 그딴 거 없으라.”

"어찌 됐든 네가 좀 수고해 줘야겠다.”

"뭔 수고를 말이어라?"

"지금 즉시 성심병원 주차장으로 가서 사토 씨를 공장으로 데려다 줘야겠다.”

"으잉? 시방 뭔 일이 생겼으라?"

"미행하는 놈들이 있는 것 같단다."

"뭐라고라? 언 씨불 넘이 고로코롬 간댕이가 부었다요?"

"여러 소리 말고 애들 몇 명 데리고 빨리 가 봐.”

"알았으라. 이 동상이 싸게 댕겨 올 텡게…….”

말을 더듬거리던 떡칠이 탁자 위에 놓인 양주병에 시선을 두더니 슬쩍 눈치를 봤다.

김구만이 공장에서 니시무라란 자에게서 받은 선물이라 욕심이 동했던 것이다.

"쪼까…… 기다리쇼잉?"

"푸홋! 짜슥, 알았다. 마시고 않고 기다릴 테니 네 녀석이 와서 뚜껑을 따.”

"히히힛, 싸게 댕겨 올 거구만이라. 빠루, 손만 대앗다면 네늠의 명줄이 내년 오늘을 못 넘길 게라!"

"요런! 총알이 대갈빡에 거꾸로 박힌 놈을 봤나? 성님이 입 밖에 뱉은 말이 있는디 감히 나가 어쩐다고 씨부려 샀냐 씨부렸 샀길. 싸게싸게 댕겨 오기나 혀, 새꺄!"

"이히힛. 그라제, 그라제."

떡칠이 실내를 빠져나가자, 빠루라 불린 사내가 기다렸다는 듯이 냉장고를 열어서는 캔 맥주의 꼭지를 땄다.

피시식.

"성님, 히야시가 겁나게 되아 부렀소. 참말로 시원할 거구만이라."

"그래, 고맙다."

BINDER BOOK

담용, 신항파를 치다

김구만과 빠루가 캔 맥주를 기분 좋게 맞부딪치며 건배를 하고 있을 때다.

스르르륵.

난데없이 창문이 열리면서 귀신같이 미끄러져 실내로 조용히 들어서는 사내.

바로 담용이다.

"그거 나도 하나 주지그래?"

"⋯⋯!"

너무도 황당한 사태에 일시 말문을 잃은 김구만과 빠루가 뒤늦게 소리를 내지르며 부산을 떨어 댔다.

"누, 누구냐?"

"웬 놈이냐?"

후다다닥.

잽싸게 움직인 두 사람의 손에는 어느새 무기가 들려 있었다.

별명이 째보인 김구만은 침대맡 베개 밑에 숨겨 뒀던 사시미 칼을, 빠루는 소파에 아무렇게나 걸쳐 두었던 노루발장도리를 들고 있었다.

김구만이야 화가 나면 사시미 칼로 앞에서 걸리적거리는 건 뭐든 째 버린다고 해서 째보라 불리고 있었고, 빠루는 굵고 큰 못을 뽑을 때 쓰는 연장인 노루발장도리 즉 일본 말로 빠루라고 하는 쇠막대를 즐겨 사용하기에 붙은 별명이었다.

그런 살벌한 장소 한가운데서도 태연한 표정을 지은 담용은 혀부터 찼다.

"쯧쯔쯔. 이봐, 정체를 밝힐 것 같았으면 도둑고양이처럼 몰래 들어오고 또 이렇게 무더운 날에 수건을 덮어썼겠어? 안 그래?"

"하! 이넘 이거…… 간탱이가 배창시를 따고 튀어나온 놈이구만이라. 여그가 어디라고 감히……? 아그야, 니가 어떻게 기어 올라왔는지는 몰라도 일단 좀 맞고 시작하더라고 잉?"

퉤퉤퉤.

손바닥에 침을 탁탁 뱉은 빠루가 장도리를 고쳐 잡더니 담용에게 슬슬 접근해 왔다.

"주둥이가 거친 놈이군. 네놈에게는 볼일이 없으니 잠시

누워 있어라.”

'라' 자가 끝나는 순간, 담용의 신형이 고무줄처럼 쭈욱 늘어난다 싶더니 어느새 차진 소음이 터져 나왔다.

철썩!

“크으읍!”

빠루가 자랑하는 노루발장도리를 휘둘러보기는커녕 한 걸음을 채 내딛기도 전에 눈앞에 뭔가 가득 찬다 싶은 순간, 뺨따귀에서 시작된 극통이 삽시간에 골수에까지 미치면서 앞이 캄캄해졌다.

그와 동시에 정신이 까무룩해지기 시작하면서 느껴지는 감각은 태어난 이후로 이렇게 아팠던 적이 있었나 싶은 통증이었다.

“으으으…….”

고통도 고통이었지만 까무룩해지기 직전에야 자신이 ‘싸대기’를 얻어맞았다는 것을 알았다.

‘씨……발…….’

고작 싸대기 한 방.

자존심이 상할 대로 상한 빠루의 입에서 절로 욕지거리가 튀어나왔지만, 입안에서만 맴돌 뿐 몸은 자신의 의지와는 전혀 관계없이 스르르 무너져 내리고 있었다.

털썩!

쿵.

매가리가 없어 힘이 빠져나간 목이 꺾이면서 머리가 바닥을 때렸다.

주르륵.

입안이 터졌는지 선홍색 피가 흘러나왔다. 거기에 희끗희끗한 빛깔을 띤 몇 개의 이빨도 눈에 띄었다.

모두 담용의 손바닥이 오랜만에 무서운 위력을 드러낸 결과였다.

툭툭툭.

빠루가 기절한 것을 본 담용이 손을 탁탁 털고는 김구만을 쳐다보았다.

"어때? 둘이서 한 따까리 하고 대화를 나눌까? 아니면 그냥 점잖게 갈까? 내가 시간이 좀 없어서 말이야."

꺼릴 것이 아무것도 없다는 듯 자신은 안중에도 두지 않는 상대의 행동에 김구만이 이빨을 앙다물고는 옆으로 몇 발자국 움직였다.

사시미 칼을 내민 걸로 보아 여차하면 춤을 추어 댈 기세다.

그러나 상대의 정체를 아는 것이 먼저라 묻지 않을 수 없었다.

"누구…… 밑에서 일하는 잔가?"

"나 말인가?"

'이 자식이……?'

목소리로 보아 자신보다 한참이나 어린 녀석으로 여겨졌

다. 그런데도 이 자식은 태어날 때부터 '싸래기 밥'만 처먹었는지 입에서 튀어나오는 말마다 반 토막이다.

자연 기분이 나쁠 수밖에 없는 김구만의 입에서 나오는 말이 고울 리가 없다.

"나이도 어린놈이 건방이 하늘을 찌르는군."

"맞아. 채 서른 살을 못 채웠지. 하지만 말이야, 나이가 어리다고 능력까지 작은 게 아니라는 건 상식이잖아?"

'풉! 사회를 좀먹는 깡패들에게까지 존칭을 쓸 필요가 있을까?'

그 옛날 김두한이나 시라소니 같은 건달이라면 또 모를까?

어쨌든 김구만의 기분과는 전혀 상관없이 눈앞의 캔 맥주를 집어 뚜껑을 따는 여유까지 보이는 담용이다.

기절해 버린 빠루가 마시려고 준비해 둔 캔 맥주로 건배만 했지 아직 뚜껑도 따지 않은 채였다.

뽁!

맥주 특유의 가스가 흘러나와 갈증을 더 부추겼다.

꿀꺽꿀꺽.

이곳이 자신의 집이라도 되는 양 거리낌 없이 시원하게 맥주를 들이켜는 담용이다.

그런 행동 하나로 주객이 완전히 전도된 분위기다.

하나 온통 허점투성이의 상대임에도 불구하고 김구만은 판단을 유보할 수밖에 없었다. 이유는 온몸의 감각을 장악하고 있는 세포들이 올올이 곤두서서는 요란하게 경종을 울리고 있었기 때문이다.

본능이 몸과 마음을 지배하는 경우가 있다면 바로 지금이라 하겠다.

"쯧! 공격하길 바랐는데 어리석은 자는 아닌 것 같군. 그래도 노파심에서 한마디 하도록 하지. 자넨…… 나와 싸우지 않는 게 좋을 거야."

순식간에 맥주 한 캔을 비운 담용이 탁자로 향하더니 손날을 세우고는 느닷없이 양주병을 잘라 갔다.

퍽!

찰나, 언제든 튀어 나가려고 팽창 일로에 있던 압축된 공기가 병목이 날아감으로써 한꺼번에 터져 나온 듯한 소음이 일었다.

그러나 크지도 작지도 않은 소음은 은근한 긴장으로 실내를 감싸고 있던 정적을 단번에 깨 버리기에 충분했다.

한데 더 놀라운 광경은 탁자에 올려놓았던 양주병이 병목이 반듯이 잘리고도 무슨 일이 있었냐는 듯이 그대로 선 모습이라는 것이다.

이는 양주병이 한 치의 미동도 없었다는 것을 증명하고 있었다.

단면은 마치 예리한 칼로 공들여 잘라 낸 듯 흠집 하나 보이지 않았다.

이에 김구만의 동공이 확대되면서 찢어질 듯이 툭 불거져 나온 것은 당연한 반응이었다.

'맙소사! 아무런 준비 동작도 없이……'

자신은 흉내 낼 엄두도 못 내는 일격 필살의 수법.

만약 저 병목이 자신의 목이었다면?

떠올리기조차 싫은 끔찍한 모습에 눈이 저도 모르게 질끈 감겼다.

자연 사시미 칼을 쥔 손아귀에 힘이 빠져나가면서 동시에 엄습해 오는 건 자신의 상대가 아니라는 원초적인 두려움이었다. 그가 직접 본 장면은 인간이 인지할 수 있는 범위 밖의 상황이라고 해도 과언이 아니었다.

이에 김구만이 할 말을 잊는 것 또한 당연한 일이었다.

'제길……'

조직에 몸담은 이후로 처음 맛보는 좌절감이었다.

하지만 압도적인 힘의 차이에서 오는 상실감 때문일까? 무릎을 꿇는다고 해도 창피하다는 생각이 들지 않을 것 같았다.

나이와 상관없이 강자에게 무릎을 꿇는다는 건 이 바닥에서 그리 부끄러운 일이 아니었다.

다만 당당한 사내로서 충격이 큰 것은 서로의 격차가 너무도 크다는 것에서 오는 좌절감과 상실감이었다.

하나 현재의 자신으로서는 불가항력적인 상대.

빨리 잊는 것이 여러모로 이익이었다.

'이제는…… 은퇴를 해야 하나?'

문득 드는 생각이다.

어쨌거나 그렇게 자위를 해서인지는 몰라도 비록 유들거리는 어투와 가벼운 행동임에도 불구하고 딱히 거부감은 일지 않았다.

감구만의 심리 상태를 읽었는지 담용이 말을 이었다.

"후후훗. 이봐, 눈에 보이는 게 다가 아니라는 걸 아나?"

"……?"

"쯧, 좋아. 어려운 말은 넘어가자구. 근데 말이야. 내가 신항파에 무지하게 실망했다는 걸 알아?"

"……?"

"아아, 신항파의 돼지 두목을 두고 하는 말이야. 회관에서 잠시 봤는데 가관도 아니더라구."

"구구절절한 변명을 듣고 싶은 것이 아니라면 나를 너무 몰아붙이지 않았으면 하오. 상대가 안 된다는 것은 알지만 그렇다고 깡다구까지 죽은 건 아니오."

담용의 능력을 확인한 김구만의 말투가 단박에 바뀌었다.

상대를 인정했을 때 행하는 일종의 예우다.

그럼에도 예우는 해 주지만 죽었으면 주었지 모욕은 당하지 않겠다는 태도다.

"아! 미안. 모욕을 주자고 한 말은 아니었어. 그럴 의도도 없었고. 그렇지만 아닌 걸 가지고 맞다고 할 수는 없으니 할 말은 해야겠어. 오늘 처음 보긴 했지만 난 자네가 보스감이라는 생각이 들어."

사실 김구만은 훤칠한 키에 균형이 잡힌 몸매하며 또 어딘가 모르게 카리스마까지 갖추고 있는 인상이라 회관에서 봤던 '곰탱이'보다 월등하게 나았다.

툭!

"내게 하고 싶은 말이 뭐요?"

더 이상은 듣기 싫었던지 사시미 칼을 침상에 던진 김구만이 본론을 물어 왔다. 이어서 자신이 마시던 캔 맥주를 들어 복잡한 심사만큼이나 벌컥벌컥 소리를 내며 마셔 댔다.

이는 담용에게 대항할 생각을 버렸다는 것과 진배없는 태도였다.

"후훗, 좋은 자세야. 잠시 거기 앉지."

털썩.

담용이 소파에 앉는 것을 보고 따라 앉은 김구만이 재차 물었다.

"내게 하고 싶은 말이 뭔지 물었소만⋯⋯."

"알아. 근데 자네, 그거 아나? 과거는 언제나 현재를 구속하고 참견까지 한다는 걸 말이야."

"⋯⋯?"

뜬금없는 말이라 강구만의 눈에 의문의 빛이 어렸다.

"우리나라는 언제나 피해자였지. 특히 일본에게 말이야."

"······!"

일본이란 말에 찔리는 게 있는 김구만이 한껏 치켜떴던 눈을 슬며시 깔았다.

"오랜 옛날부터 한국은 게다짝들에게 이것도 주고 저것도 주고 다 퍼 주었음에도 불구하고 그들은 만족을 몰랐지. 오히려 더 내놓으라고 강도질과 협작질을 수도 없이 해 왔다는 걸 알기나 해?"

"······!"

김구만은 담용의 계속되는 말을 듣고서야 상대가 쳐들어온 이유를 확실히 깨달았다.

모두 일본 애들과 관련이 있었다.

조직의 밥을 먹으려면 이런저런 눈치가 백 단쯤은 돼야 살아남을 수 있다.

눈치 백 단은 고스톱으로 딴 것이 아니어서 은연중에 뿜어지는 살기까지 감지했다.

일부러 흘리는 것인지 당장 폭발해도 이상하지 않을 위험천만한 살기였다.

그것도 피부가 따가울 정도라면 그만큼 상대가 분노하고 있음이다.

도무지 영문을 모르니 섬뜩하면서도 한편으로는 답답했다.

'이거······ 간단하게 끝날 일이 아닌 것 같은데······.'

누군가 건드려서는 안 될 감정선을 건드린 일이 있지 않고

서야 저렇듯 줄기줄기 살기를 뿜어낼 수는 없다.

행동은 태연하고 고저가 없는 어조임에도 살 떨리는 분노는 고스란히 전해지고 있었다.

"나도 대충은 알고 왔지."

김구만은 상대가 반일주의를 뛰어넘은 극일주의자임을 알았다.

"기, 기관에서 왔소?"

"상황에 따라서는. 하지만 지금은 그게 중요한 게 아냐."

"……?"

듣기에 정체가 애매모호한 말이었지만 뭐라고 반박할 건더기가 없다.

"말을 계속하지. 일본이 한국을 보는 눈이 뭔지 아나?"

"……?"

"게다짝들의 간사함이야 증명된 지 오래이니 그따위 케케묵은 말들일랑은 집어치우자고. 조상 때부터 물려받은 유전인자니까."

잠시 말을 끊은 담용이 김구만을 뚫어져라 직시하더니 계속 이었다.

"놈들은 우릴 항상 조센징이라 비하해서 부르며 지난 36년의 세월을 통해 압박하고 착취하던 과거의 영광을 절대 버리지도 또 그런 정서에서 떠나지도 않는다는 거야. 그만큼 한국은 게다짝들에게 언제나 만만한 존재라는 거지. 마치 마음만 먹으면 언제든지 재미있게 가지고 놀 수 있는 장난감처럼 말이야"

"그런 말을…… 내게 하는 이유가 뭐요?"

"죽을래?"

찔끔.

한마디 내뱉었다가 싸늘한 기운이 전신을 덮쳐 오는 것에 절로 목을 움츠리는 김구만이다.

더불어 뒤늦게야 아차 싶었다. 담용이 대충 알고 왔다는 말이 그제야 실감이 났기 때문이다.

그것은 자신이 방금까지도 일본 애들과 함께 행동했다는 변하지 않는 사실로 인해서였다.

"그런데 더 웃기는 게 뭔지 알아?"

"……?"

"일부 몰지각한 위정자들과 철없는 젊은 친구들이 과거는 과거일 뿐이라며 놈들의 악행을 그 한마디로 치부해 버리고 말더군. 뭐, 과거의 치욕을 돌이켜서 뭔 이익이 있겠느냐는 말이지만, 그 말이 또 왜 그렇게 화가 나는지 모르겠더라고. 자네도 생각을 해 봐. 피해자더러 계속 참으라고만 할 수 있는지 말이야. 너 같으면 어떻게 하겠어?"

"……."

"난 네게 애국하라고 강요하고 싶지는 않다. 왠지 알아? 그건 나도 못하고 있으니 그런 말을 할 자격이 없다고 봐야지. 하지만 말이야, 적어도 네게 한국인의 피가 흐른다면 게 다짝들이 이 나라를 집어삼키려고 차곡차곡 준비해 오고 있는 것들 중 한 가지 정도는 막는 데 도움을 줘야 하지 않겠냐는 거야."

뭐, 고리대금업으로 야금야금 경제 침탈을 해 오고 있으니 틀린 말은 아니지 않는가?

사실 담용은 시간을 거슬러 온 지금 다른 어떤 것보다 이 부분이 다른 사안 못지않게 심각하다고 여기는 사람이었다.

잘나거나 못나거나 정부를 탓하고 싶은 생각이 없는 담용 이었지만, 이 부분만큼은 잘못된 정책이라고 탓하고 싶었다.

정부에서 허가해 준 사금융 회사 덕분에 패가망신해 길거리에 나앉은 사람들을 한두 명 본 것이 아니었기에 더 그런 생각이 들었다.

고리대금업.

사용하지 않으면 되는 일이겠지만 하루종일 대놓고 광고를 해 대니 생활이 궁핍해 돈이 갈급할 수밖에 없는 서민들은 당장의 해갈을 위해서라도 문을 두드리게 된다.

차라리 밥 한 끼를 덜 먹더라도 정부에서 허가를 내주지 않았으면 싶었다.

더 나아가 매일같이 홍수처럼 쏟아 내는 광고만이라도 하지 못하게 했었더라도 어려운 살림일지언정 어찌어찌 꾸려 나갈 수 있었을지도 모른다.

왜냐?

—Out of sight, Out of mind.

즉 보이지 않으면 마음도 멀어진다는 말처럼 정보를 접하지 못하면 시들해질 것이기 때문이다.

그 전에 허가만 내주지 않았더라도 애초에 그런 회사가 있는지 알지도 못했을 것이 아니냐고 소리치고 싶다.

이건 뭐 주야장천 광고를 해 대니 빌려서 안 되는 것임을 알면서도 발걸음을 하게 되지 않은가?

또 인간의 그런 심리를 교묘하게 이용하는 고단수까지 동원하고 있으니 참으로 정부가 원망스럽다.

정히 허가를 내줄 수밖에 없었다면, 차선책으로 언론 매체에서 광고하는 것이라도 금지했어야 했다.

이는 고리대금업을 하는 자들의 작태가 너무도 빤하기 때문이다.

첫째, 고리대금업에 종사하는 자들 대부분이 경우를 밥 말아 먹은 악질들이라는 점이다.

둘째는 동서고금을 막론하고 생활고를 겪는 서민들 사이에 교묘하게 파고들어 기생하면서 몸집을 부풀리며 성장해 왔다는 사실이다.

셋째, 어느 시대 어느 사회를 막론하고 고리대금업의 배경에는 폭력 조직 혹은 입으로만 정의를 부르짖고 뒤꽁무니로는 구린내를 물씬 풍기는 권력자들이 있다는 점을 들 수 있다.

넷째, 그들의 수익 자체가 정당한 일에 쓰이는 일이 추호도 없다는 점이다. 아니, 오히려 사회 구석구석을 파고들어 또 다른 악의 축이 되어 바퀴벌레처럼 좀을 먹으며 번식을 해 나간다는 말이 맞을 것이다.

떳떳하게 번 돈이 아닌 바에야 세금 추적을 염려해 어두운 구석으로 찾아들기 마련이니 당연한 이치다.

이렇듯 더 이상 열거하지 않아도 그들이 얼마나 국가나 사회에 있어 암적인 존재인지를 알 수 있다.

물론 이런 말까지 구구절절이 김구만에게 해 줄 필요는 없다.

어쨌거나 담용의 말이 먹혀들었는지 김구만의 표정에 변화가 보이기 시작했다.

"내게서…… 뭘 알고 싶은 것이오?"

거듭해서 물어 오는 말이라 담용도 이제는 대답할 때가 됐다는 것을 알았다.

"그래, 배경을 깔았으니 말해도 되겠지. 난…… 사토 요시오란 자가 어디 있는지 알고 싶어."

"……!"

사토 요시오란 이름이 나오자 김구만이 깜짝 놀라는 표정을 자아냈다. 정확한 이름을 들먹였기에 더 놀란 것 같았다.

'젠장. 정말로 다 알고 왔군.'

이쯤 되면 숨기려야 숨길 수도 없다.

김구만의 표정을 본 담용이 기회다 싶었던지 얼른 말을 이었다.

"또 사토 요시오와 그의 패거리들이 일본에서 들여온 물건들이 어디에 있는지 말해 준다면, 내가 이곳 여수까지 달려와 애를 쓴 보람이 있겠다. 그리고 여기서 이익이 발생한다면 분명히 그대의 몫을 떼어 줄 것을 약속하지."

질질 끌 것 없이 채찍에 이어 당근책까지 제시하는 담용이다.

"으으음. 내가…… 알려 준다고 해도 당신 혼자 몸으로는 어림도 없는 일이오."

"후후훗, 난 내가 혼자라고 말한 적은 없다."

보풀웃음을 흘린 담용이 휴대폰을 들더니 단축번호를 누르고는 스피커 기능도 켰다.

곧 심종석의 음성이 들려왔다.

─어? 어떻게 됐어?

"목하 상담 중인데, 우리 전력을 불안해하는데 어쩌지?"

─크크큭. 그렇다면 원하는 걸 보여 줘야지.

'척' 하면 '착' 하는 팀워크이다.

"그래, 뭐가 좋겠냐?"

─마침 창문이 열려 있네. 좀 앉아 있을래?

"지금 앉아 있어."

─좋아, 잠시만 기다려!

바인더북

심종석이 어떤 행동을 하려는지 스피커 너머로 약간의 잡음이 들려왔다.

그러던 어느 순간이다.

쇄액. 쇄애액! 팍! 파파팍!

퍼공음에 이어 난데없이 날아든 세대의 쿼럴이 천장에 틀어박히는 것이 아닌가?

더욱이 위력을 실감케 하는 것이 얼마나 깊이 박혔는지 쿼럴의 깃대만 보이고 있었다.

그것만으로도 위력 시위는 충분했다.

"봤나?"

끄덕끄덕.

"하하핫, 놈들에게 총이 있다면 우리에게는 그에 못지않은 삼연발식 석궁이 있지. 그리고 모두 특수전 훈련을 거친 정예로 이루어진 멤버들이기도 하고. 이래도 전력이 모자랄까?"

"으으음."

김구만의 갈등이 조금 더 깊어졌다.

특수전 훈련을 거친 자들이라면 적어도 특전사 출신 이상임을 모르지 않는 김구만이다.

이건 한국인이라면 상식적으로 알고 있는 훈련 용어였다.

말을 하기는 쉽다. 하지만 실상 훈련을 받으라면 100명이면 다섯 명이 남지 않을 정도로 견뎌 내기 어려운 훈련인 것이다.

'그래, 여기서 더 고집부리면 모양만 더 나빠질 테지.'

내심 그렇게 마음먹은 김구만은 더 나아가 자신도 한 발 담그기로 마음을 먹었다.

"혹시…… 놈들이 일본에서 들여온 물건이 뭔지 알고 있소?"

"대충은."

"그게 뭔지 내게 말해 줄 수 있겠소?"

"그건 곤란해."

"내가 직접 안내해 주겠다는데도?"

"뭐? 당신이 직접 안내한다고?"

"그렇소. 그들이 도착하면서부터 쭈욱 함께해 온 책임자 였으니 나만큼 잘 아는 사람도 드물 거요."

"호오! 그 정도로 깊이 관여했다면 물건이 뭔지 정도는 눈치챘을 텐데."

절레절레.

"모르오. 작업을 할 때는 근처에 얼씬도 못 하게 했소."

"흠, 그럴 수도 있겠군."

손목시계로 시각을 확인한 담용은 더 이상 시간을 끌어서는 곤란하다는 것을 알았다.

그리고 지리를 잘 모르는 상태에서 말로만 듣고 행동하기보다는 김구만과 같이 움직이는 게 나을 것 같았다.

더구나 시간도 절약할 수 있으니 팀워크만 맞는다면 금상첨화다.

결정은 그리 오래가지 않았다.

"좋아, 끼워 주도록 하지."

"고, 고맙소."

"대신 조건이 있다."

"말해 보시오."

"내 명령에 절대복종하고 어떤 경우에도 이유나 토를 달지 말 것."

"당연하오."

"그리고 이건 조건이라기보다 희망 사항인데…… 나중을 위해서라도 당신이 신항파를 장악하는 것이 좋을 것 같다는 생각이 드는군."

"다음에 또 이런 일이 생길 것이란 말이오?"

금세 담용이 한 말의 저의를 파악하는 것으로 보아 머리도 제법 돌아가는 김구만이다.

"확신은 못 하지만 항상 그럴 가능성은 열려 있지. 그러려면 오늘 밤의 일에 신항파의 부두목이 관련 있다는 것을 누구도 몰라야 한다는 거지."

"흠, 알겠소, 내 조치를 하겠소이다."

"그럼 이제 서둘러 볼까?"

"조치를 해야 하니 잠시 기다려 주시오."

"가능하면 빨리 끝내도록."

"5분이면 되오."

김구만이 휴대폰을 들 때 때마침 담용의 휴대폰에서 진동음이 일었다.

　디리리. 디리리…….

　"……?"

서울대생 짱돌

　액정에 찍힌 상대의 이름이었다.

　조금 늦는다 싶어 은근히 걱정하고 있던 차에 걸려온 전화라 담용은 얼른 받았다.

　"그래, 나다."

　-큰형님, 놈들이 여수산업단지로 들어갔습니다.

　"알고 있다."

　-예? 어, 어떻게……?

　"그렇게 됐다."

　-아쒸, 엄청 고생했는데…… 보람이 없어진 기분이네요.

　"하하핫, 내가 알아주면 되잖아?"

　-쳇! 지금 어디 계신데요?

　"호텔인데 곧 그쪽으로 갈 예정이다."

　-그럼 저흰 여기서 기다리는 것이 낫겠네요.

　"그렇게 해. 대신 꼭꼭 숨어 있어."

　-예, 이따가 뵙겠습니다.

격돌

새벽 3시를 조금 넘긴 시각 여수산업단지는 가로등만이 밤을 밝히는 고요한 정적에 휩싸여 있었다.

광양만에 면해 있는 여수산업단지는 대한민국에서 화학 공장이 가장 많이 소재한 산업 단지라고 할 수 있었다.

이를 증명이라도 하듯 이름만 들어도 알 수 있는 굴지의 기업들이 곳곳에 산재해 있는 것을 볼 수 있었다.

그런데 마치 이단아처럼 MS코일이라는 상호가 은은한 불빛에 의해 도드라져 보이는 것은 조금은 의외다 싶은 일이었다.

광양만 쪽이 아닌 호량산을 배경으로 우뚝 서 있는 공장은 얼핏 봐도 제법 규모가 컸다.

비록 조립식 공장이라고는 하나 와플형의 샌드위치 패널로 한계치까지 끌어올린 규모로 보아 대형 차량들이 드나들고도 여유가 있어 보였다.

그것도 일부 자잘한 사무동을 제외하고 세 동이나 되었으며 'ㄷ' 자 형태를 이루고 있었다.

그런데 이 광경을 호량산 기슭에 은신한 채 한눈에 내려다보고 있는 인영들이 있었으니 다름 아닌 담용과 팀원들이었다.

기도비닉을 위함인지 침묵을 지키고 있는 이들은 지금 한창 야시경 고글로 각자 맡은 침투 구역의 동선을 세세히 살피고 있는 중이었다.

뿐만 아니라 침투에서부터 상황이 종료될 때까지의 시뮬레이션도 마다하지 않고 뇌리에 그려 보고 있었다.

이는 특전사 시절, 침투를 가장한 훈련 시 행하는 가장 기본적인 사항이라 담용과 팀원들에게는 익숙한 행동 수칙이었다.

그리고 그에 걸맞은 분위기가 또 하나 있었다. 담용이나 팀원 모두가 하나같이 특전사 시절의 복장을 답습하고 있다는 점이 여느 때와 다르다 하겠다.

100만 원이 훌쩍 넘어가는 야시경 고글은 차치하고서라도 벙거지 모자에서부터 군복, 방탄복, 군화, 석궁과 쿼럴, 충정봉, 방독면 그리고 위장 크림으로 도배한 얼굴에 이르기까지 온통 검정색 일색이다.

야시경 고글도 그렇지만 특히 양쪽 가슴 어름에 하나씩 매달려 있는 최루탄과 각자 귀에 꽂고 있는 경호용 무전 이어폰 마이크는 장비 중에서도 압권이라 할 수 있었다.

무전 이어폰 마이크는 허리띠에 고정시킨 무전기와 호환되어 웬만큼 거리가 떨어져도 송수신하는 데에 지장이 없는 최신형이었다.

이렇게 제반 장비들은 청계천 공구 상가의 하동건이 준비해 준 것이라 그의 공로가 적지 않다 할 수 있었다.

아무튼 무장만으로 봐도 가히 현역 군인이나 진배없는 모습이다.

단지 옥에 티라면 K-1 기관단총의 대용인 석궁과 탄알의 대용인 쿼럴로 무장하고 있다는 점이었다.

아! 군장도 빠져 있다.

어떻게 보면 면면들 하나하나가 민간인으로서는 참으로 가관이라 할 수 있는 모습들이지만, 현역 군인을 제외하고는 엄청난 장비로 무장했음은 확실했다.

스윽.

야시경에서 가장 먼저 눈을 뗀 사람은 담용이었다.

"공장이 생각보다 규모가 큰 것 같지?"

그 한마디에 팀원들이 야시경에서 눈을 떼며 저마다 한마디씩 해 대기 시작했다.

"풋! 그래 봐야 경비병이 있는 것도 아니잖아?"

"엄폐물도 없고 기관총도 안 보이는데?"

"장갑차를 보유하고 있을 리도 없을 테고……."

"풋! 그냥 깡패 새끼들일 뿐이잖아?"

"인원도 몇 명 안 된다며?"

"게다가 여자까지 있다면서?"

이렇듯 하나같이 내뱉는 말이 '대체 뭐가 문제냐?'는 식이다.

뭐랄까?

마치 야구 경기에서 타자가 투수의 공을 올려놓고 쉽게 타격한다는 말처럼 팀원들은 요리할 재료를 도마에 올려놓고 어떻게 하면 맛있게 요리를 할 것인가를 고민하고 있는 모습과 진배없었다.

실상 틀린 말도 아닌 것이 깡패일지라도 민간인의 범주를 벗어난 것이 아니니 무장한 군인의 상대가 될 리 없다.

"야야, 그래도 권총은 지니고 있다잖아. 단도야 야쿠자 놈들의 기본무장일 테고."

"헐! 기껏해야 토카레프 아니면 글록26 정도일걸, 뭐."

"맞아, 칼에 익숙한 놈들인데 총을 쏜다고 위협이나 되겠어? 상탄이나 안 나면 다행이지."

"우리도 쏴 봤지만 권총은 웬만큼 연습해서는 명중시키기 힘든 무기야. 야쿠자들이 연습을 했으면 얼마나 했겠어? 더구나 지금은 영화를 촬영하는 것이 아니라 실전이라고."

"하하핫, 실전에서 권총을 겨냥해 쏘는 행위는 절대 쉬운 일이 아니지."

담용이 말을 꺼내자마자 팀원들이 앞다투어 분분하게 입을 여는 것은 다분한 의도가 있어서였다. 바로 긴장된 마음과 경직된 근육을 이완시키기 위함이었다.

담용이 김구만에게 들은 정보로는 야쿠자들의 출발할 예정 시각은 정각 04시이며 출발 인원은 모두 23명이었다.

물론 김구만 덕분에 사토 요시오가 남자가 아니라 여자라는 것도 알게 됐다.

아무튼 결코 적지 않은 인원이지만, 민간인일 뿐인 야쿠자들이 그리 위협이 되지 않을 것이라는 판단이다.

게다가 세 동의 건물 중 현재 유일하게 불빛을 발하고 있는 창고 동이 목표물이라는 것까지 숙지한 상태라 달리 어려운 난관이 없는 상황이었다.

다만 만에 하나 생길지 모를 팀원들의 부상이 조금 염려가 될 뿐이었다.

권총 이야기가 나온 것도 김구만에게서 들은 정보를 토대로 위험을 조금이라도 줄여 보고자 하는 마음에서 팀원들만의 방식으로 토론하는 것에 지나지 않았다.

아직은 약간의 시간적 여유가 있는 덕에 목표물을 앞에 둔 상황에서 작전 범위 내에 한해 유흥거리 삼아 우스갯소리를 해 대며 웃거나 긴장을 푸는 행위 등은 피할 일이 아니라 오히려 권장할 일인 것이다.

물론 위기에 빠진 나라를 구하기 위한 작전이거나 테러리스트에게서 인질을 구하기 위해 나서는 거창한 작전은 분명 아니다. 기껏해야 깡패 집단일 뿐인 야쿠자들을 상대로 수년간 살인 기술만을 배우고 익혀 온 요원들이 정정당당한 대적도 아닌 기습을 하는 상황임을 안다.

하지만 담용과 팀원들은 물경소사勿輕小事라는 말을 금과옥조로 삼는 것을 주저하지 않았다. 풀이를 하자면 조그만 일도 가볍게 여기지 말고 정성을 다하라는 뜻이다.

이를 달리 표현하면 호랑이도 토끼를 사냥할 때 최선을 다한다는 말과 일맥상통했다.

고로 담용과 팀원들 역시 상대가 누구든 물경소사의 마음으로 작전에 임하고 있음이다.

다소 여유가 있는 만큼 그런 마음을 다지는 시간은 조금 더 지속됐다.

"하기야 할리우드 영화가 다 버려 놓긴 했지."

"맞아. 뭐? 권총을 한 손만으로 쏴? 그것도 양손에 각기 한 자루씩 들고 마구 갈긴다고? 참내…… 대체 어떤 시러베아들 놈이 그따위로 극본을 쓴 거야? 권총이나 한번 쏴 보고 쓰는 것 맞아?"

"하하핫, 거기에 맞아 죽는 놈은 또 어떻고?"

"크큭, 그야 영화니까 연기를 하는 건 당연하지, 크크큭."

"하하핫! 분명히 군대는 근처도 안 가 봤을 건 당연할 테고 정말 그렇다면 당연히 총이 어떻게 생겼는지도 모르는 여자가 시나리오를 쓴 게 틀림없을 거야."

"그래서 난 홍콩 느와르 같은 액션 영화는 절대로 안 봐. 말도 안 되는 장면에 눈을 버리기 십상이거든."

"젠장. 내 새끼들이 그런 걸 보고 진짠 줄 알고 써먹을까 봐 겁난다."

이렇듯 팀원들의 말처럼 참으로 잘못된 상식이 만연해 있는 건 사실이다.

총열이 짧은 총기일수록 상탄이 많이 나오는 거야 군대를 다녀온 사람들은 다 아는 상식이다.

그런 이유로 고작해야 10m도 채 안 되는 과녁임에도 명중시키기가 어려운 것이다.

당연히 연발 사격은 더 어렵다.

그렇듯 다루기 쉽지 않은 총기이기에 권총을 소유할 자격이 있는 지휘관들은 사격 연습을 게을리하지 않는다.

특히나 권총 사격의 표준 자세라고 할 수 있는 '위버 포즈'는 스탠다드라고 할 수 있다. 즉 표적을 향해 상체를 30도에서 45도쯤 비튼 상태에서 어깨너비만큼 다리를 벌리고 오른팔을 쭉 뻗는 자세를 말함이다.

거기에 왼손으로 오른손을 받쳐 주면 상탄 혹은 하탄이 생기는 것을 최소화할 수 있다.

이런데도 뭐?

각설하고.

"토카레프든 글록이든 우리나라에 총기를 들여왔다는 것 자체가 범죄다. 설혹 그것이 자신을 보호하는 호신용일지라도 말이야."

"그 말이 맞다. 내가 TV에서 봤는데, 일본만 해도 야쿠자 애들이 총기를 함부로 사용하는 경향이 있더라고. 그것도 뉴스에서 본 적이 있는데, 중간 보스 하나가 부상으로 병원에 입원해 있는 와중에 킬러가 와서 권총으로 사살한 사건이더군."

"어? 정말 그런 일이 있었어?"

"그럼 정말이지 않고. 화면에 병원 사진까지 보여 주고 아나운서가 몇 마디 하더니 그냥 그것으로 스리슬쩍 끝나 버리긴 했지만 말이야."

"헐! 이 자식들이 일본에서 하던 버릇을 우리나라에서 습관처럼 하려고 드는 거네. 이거 단단히 버릇을 고쳐 놔야겠구먼그래."

"아직 우리나라를 잘 몰라서 그래. 우리나라 경찰이 유일하게 잘하는 게 있다면 마약 관리와 총기 관리잖아."

"하하핫, 맞아. 만약 우리나라에서 그런 일이 발생했다면 언론에서 난리 블루스를 추면서 용의자 출국 금지에다 검경

공동대책본부가 서고 그것도 모자라 해결이 될 때까지 경찰들이 1년 내내 전국을 들쑤시고 다니며 범인 잡는다고 호들 갑을 떨어 댈 거다."

"하하하, 그것뿐이냐? 윗대가리들 몇은 옷을 벗어야 할 걸."

"야야, 그거 무지 잘하는 거야. 경찰들이 그러는 데는 다 그만한 이유가 있어서라구."

"그래. 충분히 짐작할 수 있는 일이지. 만약 우리나라에서 총기 단속이 느슨해지고 총기를 구하기가 쉬워진다고 가정해 보면 그야말로 지옥문이 열렸다고 해도 지나친 말은 아닐 걸. 동호, 내 말이 맞지?"

"그래, 형철이 네가 제대로 말했다."

"아아, 대충 무슨 뜻인지 알 것 같다."

"나도!"

"하하핫. 다들 예상하는 것처럼 우리나라 국민의 30퍼센트 이상이 총기를 전문적으로 다뤄 본 경험이 있는 사람들이라는 것이 이유다."

"헐! 그리고 보니 총기 소유만 자유로워지면 우리 모두 잠재적인 범죄자로 여길 수도 있겠는걸."

"거참, 말 되네. 이거 권총 한 정이라도 시중에 풀려나오면 곤란하겠는걸."

"그래서 더 야쿠자 놈들을 용서해서는 안 되는 거라구. 더구나 앞으로도 계속 우리와 대적하게 될 놈들이니 우리가 위험에 노출되지 않기 위해서라도 총기류는 몽땅 없애 버려야 돼."

그렇게 팀원들 서로가 가벼운 마음으로 수다 아닌 수다를 떠는 동안 작전에 투입될 시간은 점점 다가오고 있었다.

"자 자, 시간이 다 됐다. 출발하기 전에 다시 한 번 장비를 점검해 봐."

팀원들을 준비시킨 담용이 무선 이어폰을 켰다.

"장 대장, 장 대장, 여기는 둥지. 이상."

─당소, 장 대장. 수신 양호. 이상.

"당소, 수신 양호. 귀소, 지금 어딘가? 이상."

─당소, 개구멍 두 개 대기 중. 이상.

"귀소, 닭장은 어떤가? 이상."

─당소, 닭장 세 개 큰 둥지를 출발했음. 이상.

─당소, 수신 양호하고 이 시간부로 갈매기 출발. 대기 바람. 이상."

─당소, 대기. 이상.

차량의 운행을 맡아 같이 동행해 온 장지만과 그의 직원들 역시 예외 없이 임무를 맡고 있었다.

임무란 담용과 팀원들이 공장으로 진입함과 때를 같이하여 정문과 후문을 차량으로 틀어막아 야쿠자들이 차량을 이용해 탈출하는 것을 방지하는 것이었다.

바인더북

아울러 작전이 성공리에 끝날 경우 탈취한 컨테이너 트럭까지 몰아야 하는 임무까지 맡고 있었다.

　여기서 닭장은 트럭을 말했다.

　그리고 큰 둥지란 장지만이 운영하는 대상자동차정비센타를 일컫는 말이며 이미 트럭 세 대가 각각의 장소를 향해 출발했다는 말이었다.

　이는 컨테이너 트럭에 실린 화물을 구간마다 배치된 세 대의 트럭에 나누어 실음으로써 혹여 있을 추적을 미연에 방지하려는 의도였다.

　장지만과 통신을 끝낸 담용이 다시 무선 이어폰을 켰다.

　"옵저버. 옵저버. 당소 둥지. 이상."

　-아! 어, 옵저법니다. 큰형님. 이, 이상.

　"귀소, 어떤 상황인가? 이상."

　-다, 당소⋯⋯ 소라파출소. 이상.

　"귀소, 손님은? 이상."

　-소, 손님요? 아아, 예. 조, 조용합니다. 오버.

　"귀소, 수고하고 유사시 연락 바람. 이상."

　-알겠습니다. 오버.

　만약을 몰라 김구만, 독빡이와 함께 인근 파출소에 나가 있는 짱돌과도 마저 통신을 끝낸 담용이 팀원들을 돌아보았다.

　파출소의 동정을 살피는 이유는 당연히 신고를 받고 경찰이 출동하는 것을 대비해서다.

"푸후훗. 짱돌 녀석, 군대 갔다 오지 않은 태가 확 나네."

"키키킥, 그러게. 무전에 웬 존댓말?"

"이상이라고 했다가 오버라고 했다가…… 크큭. 이제 곧 로저가 나올 텐데 아쉽네."

"이런 제길. 모르면 그럴 수도 있지 뭘 그래? 자 자, 이제 그만하고 각자 이상이 없으면 지금 출발하도록. 이대훈, 네가 제일 거리가 머니까 먼저 출발해."

"알았어. 그럼. 이따가 보자."

"야, 대훈이, 너 조심해. 만약 생채기라도 난다면 내 손에 뒈질 줄 알아."

"짜식, 사돈 남 말 하고 있네. 석원아, 태천이 저놈이 좀 띨빵한 데가 있으니까 변압기 만질 때 감전사하지 않도록 네가 잘 좀 돌봐서 무사히 데리고 와라."

"크크큭, 알았어. 걱정하지 말고 가."

"저 자식이! 너 거기 서지 못해!"

괜히 한마디 했다가 '쫑코'만 먹은 정태천이 서둘러 준비를 끝내고 나서더니 그대로 뛰쳐나갔다.

"태천아, 수고해."

어차피 이미 각자의 작전지역을 숙지하고 있는 마당이라 출발하는 데 선후가 따로 없긴 했다.

"나도 간다, 이따가 보자."

"에구. 같이 가자고."

민동호가 나서자 길은철이 뒤를 따랐다.

툭!

"영길아, 먼저 가."

"그래."

"영길아, 자리 잘 잡아."

"푸홋! 사정거리 문제만 아니라면 저격은 자신 있으니까 걱정 붙들어 매라."

저격수 역할을 맡은 박영길이 담용과 심종석의 응원을 받으며 출발했다.

그렇게 하나둘씩 자리를 벗어나자, 종국에는 담용과 심종석만 남았다.

"우리도 가야지?"

"그래, 이건 뭐 준비한 것에 비해 너무 싱거운 게임이 될 것 같아서 맥이 좀 빠지는 기분이다."

"다음에도 이런 일이 있을 것에 대비해 한 번쯤 실습해 보는 것으로 위안을 삼자고."

"별수 있나? 그래야지."

"우리도 가자고."

"그래."

앞장서는 담용의 뒤를 심종석이 따르면서 두 사람 역시 이내 어둠 속으로 자취를 감췄다.

삐이걱.

창고 내의 한쪽 귀퉁이에 마련된 2층 간이 사무실의 문이 열리면서 활동하기 편한 아웃도어 패션을 한 사토 요시오가 모습을 드러냈다.

그런데 뜻밖에도 왼손에는 그녀의 몸매만큼이나 날씬한 일본도가 들려 있었다. 그만큼 그녀 또한 오늘의 일에 만전을 기하며 신경을 쓰고 있는 모양새다.

"나오십니까, 오야붕."

"음. 곤도, 슬슬 출발하지."

"옛! 출발 준비는 모두 끝났습니다."

"수고했어. 니시무라는?"

"지금 휘하의 코친들을 차량에 배치하고 있습니다."

"차량은 충분한지 모르겠군."

"그러지 않아도 그 문제 때문에 시간이 좀 걸리고 있습니다."

"왜? 문제라도 있나?"

"예, 컨테이너에 두 사람이 탈 자리가 있는지 물어 왔습니다만……."

"두 명?"

"옛!"

"마사오는 뭐래?"

"오야붕의 결정에 따르겠다고 했습니다."

"흠, 네가 보기엔 어때?"

"호위 차량이 많다고 해서 호위에 꼭 도움이 되는 건 아닙니다. 마사오와 부하들이 좀 불편하긴 하겠지만, 두 명 정도 더 태우는 건 상관없을 것 같습니다."

"통풍구는?"

"모서리 두 곳에 구멍을 뚫어놔서 목적지에 도착할 때까지 문제가 없을 것입니다."

"그럼 그들에게도 추적 장치를 부착시키고 탑승시켜!"

"옙!"

두 사람의 대화를 들어 보니 외부의 경계는 물론 물건을 실어 놓은 컨테이너 속에까지 사람을 배치해 혹시 있을지도 모를 강탈에 만전을 기해 놓고 있는 듯했다. 그것도 몸에 추적 장치까지 부착해 가면서 말이다.

이는 과거의 전철을 다시 밟는다고 하더라도 신속하게 추적을 하기 위함이었다.

"겐이치!"

"하이! 오야붕."

"04시 정각에 출입문을 열어라. 그때까지 최종 점검을 마치도록."

"하이! 오야붕."

스슥. 스스슥.

MS코일회사의 담장 밑으로 열 개의 검은 인영들이 각자 맡은 침투로를 향해 빠르게 접근하더니 달려오는 탄력을 이용해 그대로 담장을 뛰어넘었다.

지적도 상의 구분에 의미를 뒀었던지 그리 높지도 않았고 가시철망 같은 것으로도 둘러져 있지 않아 팀원들이 월담을 하는 데는 아무런 지장이 없었다.

미리 보아 둔 은폐물을 찾아 몸을 숨긴 팀원들이 목표물인 창고를 주시하며 대기할 때, 담용과 정태천만이 각기 반대 방향으로 움직였다.

담용은 정문 수위실로 방향을 잡았고 정태천은 변압기가 위치해 있는 곳으로 향했던 것이다.

딸깍.

고리가 풀리고 수위실의 문이 열렸지만 곧바로 반응을 해 오는 기척은 없었다.

'졸고 있군.'

밤을 꼬박 지새워야 하는 수위로서는 가장 피곤할 시각이라 의자에 앉아 끄덕끄덕 졸고 있는 중이었다. 아니, 눕지만 않았다 뿐이지 아예 자고 있는 모습이다.

그것도 두 사람 모두.

바인더북

그런데 얼핏 봐도 연세가 지긋한 어른들이라 험하게 손을 쓰기가 곤란한 상황이다.

시각은 04시를 코앞에 두고 있어 여유가 없는 담용이 더는 머뭇거릴 수 없는 상황이라 의자를 끌어 밀착시켰다.

찌이이익.

"우, 우웅……."

테이프를 푸는 소리에 수위 중 한 사람이 깨어나는 듯하자 담용이 얼른 속삭였다.

"쉿! 그대로 조용히 입을 다물고 있으면 아무 일도 없을 것이오."

"어엉! 누…… 흡!"

깜짝 놀라 버둥거리려던 수위를 의자와 한데 묶기 시작했다.

"어어어……."

그 와중에 기척을 느꼈는지 또 한 명의 수위마저 잠에서 깼다.

"헉! 누, 누구…… 헛!"

"조용히!"

나직하지만 위협적인 목소리로 협박을 가한 담용이 아예 두 사람을 싸안고는 한꺼번에 칭칭 감아 버렸다.

그렇게 '어어' 하는 잠깐 사이에 두 사람은 괴한의 우악스러운 힘에 옴짝달싹도 못하고 의자와 한데 엮여 꽁꽁 묶이고 말았다.

게다가 얼굴까지 시커먼 괴물 같은 인간이다 보니 주눅이
든 나머지 비명을 지를 엄두도 내지 못했다.

그야말로 아닌 밤중에 홍두깨.

"자, 소리치면 곤란하니 입을 벌리지요."

담용이 준비해 온 천으로 재갈을 물리려고 하자 불가항력
이라 여겼는지 순순히 말을 듣는 수위들이다.

"일이 끝나면 풀어 드려야겠지만 두 분이 멀쩡하시면 우리
와 같은 패거리로 오해받을 수 있으니 그냥 가겠습니다. 직
원들이 출근하면 풀어 줄 것이니 그때까지만 참으십시오."

나름대로 안심을 시켜 준다고 최대한 정중하게 말한 담용
이 수위실을 나서며 무선 마이크에 입을 댔다.

"둥지. 임무 완료. 모두 1차 목표 지점으로 이동한다."

스스슥. 스스슥.

담용의 지시에 은신해 있던 팀원들이 신속한 동작으로 창
고로 향하더니 잠시 후 벽에 몸을 밀착시키고는 안의 동정을
살폈다.

창고의 외벽이 1차 목표 지점인 것이다. 즉 정태천을 제외
한 아홉 명이 창고를 포위한 형태였다.

이어 누가 시키지 않았음에도 불구하고 두 손엔 충정봉과
최루탄을 쥔 채 숨죽이며 대기했다.

그렇게 1초, 2초, 3초, 4초, 5초 정도가 지나자, 팀원들의

무선 이어폰에서 귀를 간질이는 음성이 들려왔다.

－준비.

변압기 쪽으로 간 정태천이 전기를 절단하겠다는 연락을
해 온 것이다.

순간, '파파팟' 하고 찰나간에 스파크가 인다 싶더니 전기
가 나가면서 주변이 일시에 캄캄한 암흑으로 변했다.

도로에 가로등 불빛이 있었지만 창고와는 거리가 있어 영
향을 주지 않는 위치였다.

아무튼 그때를 기다렸다는 듯이 팀원들의 손에 들린 충정
봉이 춤을 추어 댔다.

퍽! 퍽! 퍽!

찰나, 유리창이 한꺼번에 깨지는 소음이 요란하게 울려 퍼
지면서 조용하던 분위기가 대번에 소란스러워졌다.

와장창! 와장장창－! 퍼석. 퍼서석.

깨진 유리창이 무게를 이기지 못하고 완전히 내려앉는 사
태가 벌어졌지만 그것이 끝이 아니었다.

최루탄의 안전핀을 뽑은 팀원들이 일제히 유리창 너머로
투척하는, 일치된 동작이 이어졌다.

연이어 재빨리 방독면과 야시경 고글을 착용했다.

일체형이 아닌 방독면과 야시경 고글이 다소 불편하긴 했
지만, 크게 지장은 없었다.

푸쉬쉬쉿. 푸쉬쉬쉬쉬이이이. 데구르르. 데구르르르…….

창고 안은 최루가스가 뿜어지면서 깡통이 제멋대로 구르는 등의 소음이 요란했다.

　일련의 행동들이 워낙 신속하게 이루어진 탓에 창고에서는 그제야 놀란 음성이 터져 나오고 다급해하는 기척들이 곳곳에서 감지됐다.

　때를 맞춰 담용의 음성이 무선 이어폰을 때렸다.

"진입!"

"진입!"

"진입─!"

　짤막한 복창 소리에 맞춰 충정봉으로 창문턱에 쌓인 파편을 쓸어버린 팀원들이 일제히 안으로 뛰어들기 시작했다.

"허억! 누, 누구냐?"

"웬, 웬 놈들…… 기, 기습이다!"

　최종 점검을 끝내고 차량에 막 탑승하려던 사토와 그 부하들은 날벼락 같은 최루탄 공격에 혼비백산하던 차에 설상가상으로 창문으로 난입해 들어오는 괴한들을 보고는 그제야 사태가 심각하다는 것을 알고 싸울 태세를 갖췄다.

　챙! 채챙─!

　각자 지니고 있던 무기들을 빼 든 야쿠자들이었지만 급한 마음만큼 선뜻 움직이지 못했다. 어느새 최루가스가 창고 안을 뿌옇게 만들어 시야를 흐렸기 때문이었다.

"이, 이런! 겐이치! 오야붕을 지켜라!"

"에. 에에치! 하, 하이! 에취! 에취!"

"에취. 으으으. 이놈들이……. 수건으로 코를 막아! 에에취!"

시야를 가리던 최루가스가 마침내 눈물샘을 자극하기 시작했는지 곳곳에서 재채기를 해 대는 소리가 연방 들려왔다.

최루 작용을 갖는 최루가스는 일종의 독가스여서 적은 농도로도 격렬한 최루와 재채기, 기침, 호흡곤란은 물론 나아가 피부를 자극해 가려움증까지 유발시켰다.

"에에취! 다, 다케오! 초, 총을, 에취. 에취. 쏴! 쏘란 말이다!"

뻐억!

"꺽!"

재채기를 해 대며 발악을 해 대던 곤도는 뒤통수를 때리는 둔중한 충격에 일시 정신이 멍해졌다.

"이놈아! 발광은 됐으니 그만 자빠져라."

퍽!

방독면을 통해 나오는 괴이한 음성에 이어 재차 가해진 일격에 비명도 지르지 못하고 바닥에 널브러져야 했다.

그런데 바닥에 널브러지는 것은 곤도만이 아니었다.

연방 재채기를 해 대느라 정신을 차리지 못하는 야쿠자들의 전신으로 몽둥이세례가 사정없이 퍼부어졌다.

퍽. 퍽. 퍽.

"끄윽!"

"아악!"

삽시간에 들이닥친 담용과 팀원들에 의해 벌어진 사태는 최루탄의 선제공격에 이미 반쯤 무너져 있던 야쿠자들이 감당할 수 있는 상황이 아니었다.

고로 대항은커녕 제대로 피하지도 못하고 속수무책으로 충정봉의 희생양이 되어 갔다.

애써 마련한 석궁은 준비 그 자체에 만족해야 할 정도로 사용할 기회조차 없었다. 최루탄의 과도한 위력 덕분에 충정봉이 춤을 추는 것만으로도 장내를 아수라장으로 만들기에는 충분했던 것이다.

그것도 채 10분도 지나지 않아서 일방적인 원사이드 게임이 되어 버린 상황이었다.

퍼억!

"크으윽!"

털썩!

비틀대는 야쿠자 한 명을 모지락스럽게도 후려 팬 담용이 시선을 돌리던 중 푸르스름한 생명체 하나가 눈에 띄었다.

야시경 고글에 비친 모습이지만 생명체는 꽤나 위험한 장난감을 가지고 있었다. 그토록 우려했던 권총을 막 난사하기 직전이다.

바로 곤도의 명령을 받았던 야쿠자 즉 다케오였다. 담용,

팀원들과는 달리 앞이 보이지 않는 다케오가 권총을 쏜다면 난사를 해 대는 것밖에 도리가 없었다.

그 즉시 위험을 감지한 담용이 외쳤다.

"모두 엎드려!"

방탄복을 입고 있었지만 난사의 와중에 재수가 없으면 흉탄이 되어 날아들 여지는 얼마든지 있었다.

팀원들도 이를 인지하고 있었음인지 담용의 말을 듣자마자 반사적으로 바닥에 엎드렸다.

제 목숨이 소중한 것이야 누군들 다를까?

그때다.

'푸슉!' 하는 짧은 파공성이 일더니 이내 고통스러운 비명이 창고를 떨어 울렸다.

"아아악!"

다름 아닌 저격수 박영길의 소행이었다.

어느새 2층으로 올라가 자리를 잡고 있던 박영길이 발사한 쿼럴이 다케오의 손등을 꿰뚫어 버린 것이다.

그것으로 확실히 팀원들 중에 석궁을 가장 잘 쏘는 명사수라는 것이 증명이 됐다.

"땡큐!"

담용은 엄지손가락을 치켜 보이고는 다시 주변을 살폈다.

야쿠자들은 수수깡처럼 쓰러지고 있었고, 충정봉에 얻어맞아 부러진 팔과 다리는 제멋대로 틀어져 있었다.

호흡곤란으로 점점 가빠져 가는 숨은 심장이 뛰는 속도를 가중시켰고, 어느 순간 실 끊어진 마리오네트처럼 풀썩풀썩 쓰러져 갔다.

야쿠자 특유의 투기와 독기, 집요함 그리고 가미카제의 정신마저도 최루가스 앞에는 녹아내릴 수밖에 없었던 것이다.

하기야 최루가스에 대한 면역 훈련을 받은 팀원들도 견디기 어려운 판에 단 한 번도 경험해 보지 못했을 야쿠자들이 견뎌 낼 리는 없었다.

이제 서서 움직이는 자들은 외계인처럼 보이는 팀원들밖에 없는 듯했다.

갖가지 괴이한 신음을 흘리며 바닥에서 꿈틀대는 이들은 모두 야쿠자들이었다.

무척이나 극명하게 갈린 적군과 아군이다.

팀원들의 안전 여부를 확인할 때가 됐다고 여긴 담용이 무선 마이크를 입에 댔다.

"상황 끝. 순서대로 보고."

-리더, 이상 무.

-부리더, 이상 무.

-쇳덩이, 이상 무.

-오마니, 이상 무.

-계수나무, 이상 무.

-노라조, 이상 무.

─혁거세, 이상 무.

─김씨, 이상 무.

─이씨, 이상 무. 끝.

그렇게 담용을 제외한 팀원들이 제각기 무사함을 자신의 별명이나 성씨를 대며 보고를 해 왔다.

그들만의 별명을 잠시 살펴보면 리더는 클리어가드의 리더인 심종석이었고, 부리더는 민동호, 이름자에 '철' 자가 있다고 해서 쇳덩이라 불리는 길은철, 오만희는 발음 그대로 오마니라 칭했다.

그리고 계형철은 성을 따서 편하게 계수나무라 불렀으며 노라조는 덩치가 큰 정태천이 매일 심심하니 자신과 놀아달라는 뜻에서 직접 지은 별명이었다.

다음으로 혁거세는 박영길의 별명이다. 이유는 박씨의 시조인 박혁거세의 직계 후손이라고 고집해서 스스로 지어낸 것이고, 나머지 김씨와 이씨는 김석원과 이대훈을 가리키는 이니셜로 가장 밋밋한 별칭이었다.

"좋아. 리더는 장 대장에게 연락해서 모두 들어오라고 해."

─오케이

"부리더는 팀원들과 장내를 정리하면서 이놈들을 한군데 모아 놔. 특히 총기는 빠뜨리지 말고 수거하도록. 또 설맞은 놈이 있으면 한 군데 이상 부러뜨려 버려!"

−감 잡았음.

  "나머지 일은 내가 처리하겠다."

  누구보다도 깊숙이 진입해 있었던 담용은 지시를 내릴 때 이미 시야에 확보해 뒀던 두 인영에게로 걸어갔다.

  바로 사토 요시오와 그녀의 경호원인 겐이치였다.

  살벌한 현장에 전혀 어울리지 않는 가냘픈 체구의 사토 요시오는 오동회관에서 봤던 그대로의 모습이었다.

  최루탄 때문인지 낮에 봤었던 모습과는 달리 몰골이 그리 좋아 보이지 않았다.

  억지로 버티고 선 그녀는 오른손에는 일본도를, 손수건을 든 왼손은 코를 싸쥐고 있는 모습이었다.

  "쿨……럭. 쿨럭."

  기침을 참아 보려고 애써 보지만 그조차도 한계에 다다른 듯한 눈치다.

  벌겋게 충혈이 되어 버린 눈이 꼭 토끼 눈 같다.

  손수건도 없는 무방비의 사내는 이미 한계를 넘었는지 다리를 부들부들 떨어 대는 것도 모자라 얼굴은 눈물 콧물로 범벅이 되어 있었다.

  손에 쥔 사시미 칼 역시 격렬히 떨어 대는 사시나무와 다름없었다.

  호흡곤란이 온 지 꽤 오래였는지 가슴의 기복도 급하게 오르내리고 있었다.

이 모두 야시경 고글에 비친 모습이다.

대비가 되어 있지 않은 그들로서는 당연한 현상이었지만 그것이 핑곗거리가 될 수는 없었다.

패자무언.

이것은 당연한 결과였다.

특전사와 야쿠자.

두 부류는 전혀 성격이 다른 존재지만 만에 하나 부딪칠 경우라면 특전사가 단연 압도적인 우세라 할 수 있다.

무장 여부를 떠나서라도 그런 사실은 변함이 없을 것이고 보면 야쿠자들은 최악을 적을 맞은 셈이었다.

하물며 무장한 상태의 특전사라면 전투 머신이나 진배없는 불가항력적인 상대일 것이다.

저벅저벅.

주변이 대충 정리되어 가는 낌새를 느낀 담용이 급할 것이 없다는 느긋한 걸음으로 두 사람에게 다가갔다.

최루탄의 위력은 여전해서 나뒹굴기에도 정신이 없는 야쿠자들은 그저 안타까운 신음을 흘리며 발버둥 칠 뿐 자신들의 보스에게로 향하는 담용의 걸음을 막지는 못했다.

단지 사토 요시오의 앞을 가로막고 있는 사내의 힘없는 저항만이 유일한 방해물일 뿐.

"쿠울럭! 쿨럭! 머, 멈춰…… 에취! 에취!"

비틀비틀.

발자국 소리를 듣고 감각의 날을 바짝 세웠던 사내는 그 한마디를 내뱉고는 휘청거림이 더 심해졌다.

그렇게 쓰러질 듯하면서 몸을 가누려고 애를 쓰는 것만으로도 보스를 지키겠다는 그 의지를 높이 사 줘야 한다.

우뚝.

담용이 걸음을 멈췄을 때 결국 비틀거리는 것도 한계를 넘겨 버린 사내가 고꾸라졌다.

털퍼덕!

담용은 발치에 고꾸라진 겐이치는 일별도 하지 않고 물었다.

"에이고가데끼마스까?"

"Sure."

"Good!"

고개를 끄덕인 담용이 굵고 짤막한 목소리로 재차 입을 열었다.

"Lay down your arms and surrender!"

"……."

담용의 항복 권유에 입술을 꽉 깨물고 부르르 떠는 사토 요시오의 눈이 매섭게 빛을 발했다.

아울러 금방이라도 분통을 터트리려는 것을 가까스로 참는 기색이 역력한 표정이다.

그도 그럴 것이 사토 요시오로서는 청운의 꿈을 안고 한국

땅을 밟은 터였기에 지금의 상황을 온전히 받아들이기에는 약간의 시간이 필요했다.

다시 말하면 한국은 그녀에게 꿈을 이뤄 줄 희망의 땅이었던 탓에 기대만 있었지 절망이란 단어는 생각지도 않았던 것이다.

그런데 꿈은커녕 한국 땅을 밟은 지 얼마 되지도 않아서, 아니 자신의 발판이 되어 줄 서울 땅은 밟아 보지도 못하고 의지가 좌절되어 버린 것이 못내 분한 것이다.

'신지라레나이(이럴 수는 없어).'

마치 꿈을 꾸고 있는 것만 같다.

정체도 모르는 자들에게 전혀 생각지도 못했던 수법으로 어이없이 당하다 보니 여태껏 그토록 노력해 왔던 모든 것들이 허무하다는 생각마저 들었다.

'신. 지. 라. 레. 나. 이……'

온갖 청사진으로 도배가 되어 있던 뇌리가 하얗게 무너져 내리고 있었다.

그러나 상대는 그녀의 마음과는 아랑곳없이 재촉을 해 대고 있었다.

"Come along, we haven't much time!"

"……."

그럼에도 사토 요시오의 입은 쉽게 열리지 않았다.

하나 그녀 역시 더 이상 버틸 기력이 남아 있지 않은 것을 알기에 어렵게 입을 뗐다.

"I'll put you a question."

끄덕끄덕.

질문을 받겠다는 뜻으로 고개를 주억거리는 담용이다.

"Who are you?"

"No comment."

"……!"

담용이 할 말이 없다는 듯 어깨를 으쓱하자 사토 요시오의 아미가 꿈틀했지만 그녀가 할 수 있는 것은 없었다.

총만 들지 않았다 뿐이지 복장으로 보아 군인들이 확실함에도 모르쇠라니.

정말 군인이라면 애초부터 싸움이 되지 않는 상대였다.

군인의 상대는 군인이어야 한다. 일개 조직일 뿐인 야쿠자로서는 중과부적일 수밖에 없다.

"What do you expect? You are a pro."

너도 프로페셔널이면서 내게 뭘 기대했냐고 내뱉는 담용이다.

"What's a person's game?"

"Nobody ever died."

바닥을 뒹굴고 있는 부하들을 살핀 사토 요시오가 자신들을 어떡할 셈이냐고 물어 왔지만 담용은 아무도 죽이지 않을 것이라고 답했다.

그녀의 벌겋게 충혈된 눈이 컨테이너에 잠시 머문다 싶더
니 곧 몸을 휘청거렸다.

'하아…… 마, 마사오, 너만 믿는다.'

내심 한 가닥 희망을 걸어 보는 것을 끝으로 그녀는 그제
야 마지막까지 놓아주지 않고 있던 어떤 미련을 슬며시 풀어
놓았다.

자연 그녀의 손아귀에서 힘이 빠져나가면서 끝까지 쥐고
있던 일본도가 바닥에 떨어졌다.

철커덩!

보기보다 묵직한 소음.

그것 하나만으로도 사토 요시오의 검술 수준을 미루어 짐
작할 수 있었다.

풀썩!

결국 인내의 한계를 벗어나게 한 최루가스는 사토 요시오
까지 함몰시켜 버렸다.

스윽.

등을 돌린 담용은 시간부터 확인했다.

04시 23분.

진입에서부터 임무를 완수하기까지 23분이 걸린 것이다.

"리더, 어떻게 됐나?"

"보다시피 출발 준비 완료다. 그런데 모두 스물세 명이 아
니었나?"

"맞아. 그게 왜?"

"인원이 안 맞으니까 그러지."

"여기 있는 두 명도 포함했어?"

"당연하지. 두 명을 포함해도 열여덟 명밖에 안 돼."

다섯 명이 빈다는 얘기다.

"그래?"

"구석구석까지 뒤져 봤지만 이 창고에는 없어."

"그럼 먼저 출발했다고 보나?"

"그거야 모르지. 나로서는 짐작이 안 가니까."

"흠, 잠시…… 기다려 봐."

담용이 짱돌에게 통신을 보내기 위해 습관처럼 무선 마이크를 입에 갖다 댔다.

"잠깐. 여기서는 거리가 멀어 통화가 안 될 거다. 휴대폰을 써."

"아, 그렇군."

여수 신항파를 거두다

담용은 그 즉시 휴대폰으로 전화를 걸었다.

-예, 큰형님, 끝났습니까?

"응, 손님 좀 바꿔라."

-아, 잠시만요.

곧 김구만의 음성이 들려왔다.

-전화 바꿨소.

"스물세 명이 틀림없소?"

-엉? 틀림없는데…… 그건 왜 묻소?

"현재 열여덟 명밖에 없으니까 묻는 거요."

-그럴 리가요? 분명히…….

"혹시 먼저 출발한다는 말은 없었소?"

―그런 말은 듣지 못했소.

"거참…… 알았소. 이만 끊겠……."

―아아, 잠시만.

"왜 그러시오?"

―혹시 이런 말이 도움이 될지 모르겠소만…….

"말해 보시오."

―좌석이 모자라서 차량의 탑승 인원을 초과해야 될지도 모른다는 말을 들었소.

"그럼 남는 인원은 먼저 출발했을 수도 있겠는데?"

―그야…….

"아무튼 잘 알겠소. 이따가 봅시다."

탁.

전화를 끝낸 담용이 컨테이너가 실린 트럭으로 향하면서 말했다.

"일단 놈들의 옷을 모조리 벗겨서 결박해!"

"맞아. 추적 장치! 어이! 부리더! 애들 팬티까지 모조리 벗겨!"

"알았어."

"그리고 이거 잊지 말어. 물건들을 전부 물에 담그는 것 말이다."

"엉? 뭐가 들었을 줄 알고?"

"채권이든 돈이든 금방 안 찢어져. 못쓰게 돼도 상관없고."

담용이 차량들을 훑어보고는 다시 말했다.

"놈들을 다 때려 실어도 충분하겠네."

"꽁꽁 묶어서 컨테이너에 실으면 널널하고도 남지. 근데 데려가서 어쩌려고? 전부 부상당한 놈들인데."

"그래도 같이 데려간다. 여기서 입을 나불대면 더 곤란해질 수 있어."

최대한 행적을 숨기겠다는 의도다.

"쟤들 데려갔다간 골치만 아플 텐데."

"후후후, 그냥 놔주기엔 아깝잖아. 좀 뜯어내야지."

"엉? 몸값 말이냐?"

"하하핫, 그래. 문제는 오야붕이라는 여잔데…… 관리할 적당한 여자가 없을까?"

"너도 참 뜬금없다. 이 새벽에 어디 가서 구하냐?"

"그렇지? 웬만한 여자로는 관리가 어려울 테니 구하기가 쉽지 않을 거야."

"가만! 이, 있다!"

"엉? 있다고? 누, 누구?"

"태천이 애인!"

"뭐?"

"너도 알잖아? 권지민 중사."

"알지. 근데 아직도 사귀나?"

"푸흴! 둘 다 연애하는 걸 보면 멋대가리가 없기는 하지만, 3년째 열애 중이지."

"둘 다 그냥 농담한 것 아니었어?"

"처음에야 두 사람도 우스갯소리로 사귀자고 했다가 시간이 흐르면서 진짜로 사귀게 된 거지."

"정말 그렇다면 나쁜 생각은 아닌데…… 권 중사가 현역이라 곤란할 텐데……."

"제대했어. 3개월 전에."

"어? 그래?"

"응. 부를까?"

"부를 수만 있다면 그보다 좋은 선택이 없지. 당장 올 수 있나?"

"태천이하고 의논해 봐야지. 저 자식이 저래 봬도 제 애인한테는 엄청 보수적이거든."

"야야, 잘 좀 얘기해 봐. 아니, 그럴 게 아니라 아예 회사에 입사를 시키는 건 어때? 어차피로 여자 요원도 필요하게 될 테니 말이다."

"알았어."

"가능하면 오늘 합류하라고 해."

"헐, 우물가에서 숭늉 달라고 해라."

"못할 것도 없지, 사람이 없다면 모를까?"

"풋! 그럼, 아까 얘기한 거기로?"

"응, 놈들을 데리고 은신하기에는 딱 좋아."

"놈들의 차량까지 이용하면 자리는 모자라지 않을 것 같군."

"가거든 관리인을 잘 구워삶아 봐. 선물 공세에 약한 사람이라니까 한 아름 안겨 버려."

"관리인만 있다면 염려할 일은 없어. 본사에서 들락거리면 문제가 될까 봐 그러는 거지."

"매각으로 내놓은 물건이라 본사에서 올 사람은 없어. 설사 온다고 해도 관리인만 구워삶아 놓으면 알아서 할 테니까."

"다 좋은데 얼마나 있어야 할까?"

"나도 오래 끌 생각 없어. 대충 열흘 정도?"

"그 정도면 무난하게 견딜 것 같다. 그런데 데리고 있으려면 저놈들, 치료는 해 줘야 할 것 같은데……."

"그건 오늘까지 조치해 줄 테니까 걱정하지 마."

"어떻게?"

"인한이더러 성수병원의 의사를 데리고 가게 할 거야."

"오오! 그거 좋은 생각이다."

"몽땅 물에 푹 담그는 걸 절대로 잊으면 안 돼."

"영월의 금괴를 경험했는데 그런 걸 잊을까? 그보다는 머물기에 지장이 없어야 할 텐데 말이야."

"유리창까지 달아 놓은 상태에서 IMF 때문에 공사가 중단

된 것뿐이야. 더구나 추위 걱정 없는 여름이잖아?"

"물은 나오고?"

"풋! 산속에 물이 없을까 봐? 충분해. 그것도 그냥 퍼마셔도 될 만큼 무공해 물이지. 그러고 보니 그동안 고생했으니 여름휴가를 간다고 생각하면 딱 맞네."

"후후훗, 그거 조오치."

이렇듯 심종석이 꼬치꼬치 캐묻는 이유는 작전에 임하면서 부랴부랴 구한 피신처였기 때문이다.

"이제 출발하자고. 출입문 좀 열어 줄래?"

"그러지."

심종석이 곁을 떠나자 컨테이너 트럭의 운전석에 앉아 있던 장지만이 입을 열려는 것을 황급히 손을 입에 대며 말렸다.

가까이 다가간 담용이 장지만에게 소곤거리듯 말했다.

"제가 뒤 범퍼에 올라서거든 시동을 건 뒤 곧바로 급발진을 해 주세요."

"알겠습니다. 근데 거리는 얼마나?"

담용의 말이라면 팥으로 된장을 만들고 석회로 두부를 만든다고 해도 믿는 장지만이다 보니 이유 불문이다.

"5m 정도면 충분합니다."

"예, 타십시오."

담용이 발자국 소리까지 죽여 가며 뒤 범퍼로 가더니 살며시 올라섰다.

사이드미러로 담용이 올라타는 것을 확인한 장지만이 시동을 걸자마자 액셀러레이터를 힘껏 밟았다.

꾸우욱!

부아아앙!

꾸욱!

끼이이익-!

출발과 거의 동시에 브레이크를 밟자, 바닥에 스키드 마크가 선명히 생겼다.

한데 담용의 입가에 회심의 미소가 매달리고 있는 것이 아닌가?

'역시…….'

사토 요시오가 마지막으로 눈길을 준 곳이 바로 컨테이너 트럭이었음을 떠올린 담용은 사라진 야쿠자들의 행방을 추측했던 것이다.

추측은 제대로 들어맞았다.

결코 짐짝이 무너지는 소음이라고 할 수 없는 움직임이 컨테이너 트럭 안에서 감지됐던 것이다.

그것도 큰 소리가 날 만큼 넘어지는 소리에 이어 억지로 삼키는 얕은 신음까지 분명히 들을 수 있었다.

잠금장치는 안에 사람이 있음을 감안했는지 복잡한 자물쇠가 아니라 굵은 철사로 만든 걸쇠였다.

그렇더라도 누군가 밖에서 열어 주지 않으면 안에서는 절대 나올 수 없는 구조다.

잘됐다 싶었던 담용은 저격수 임무를 마치고 내려온 박영길과 힘이 장사인 정태천을 손짓해 불렀다.

"왜?"

"쉿! 목소리 낮춰."

"……?"

"둘 다 내 말 잘 들어."

"뭔데 그래?"

"사라진 다섯 명이 컨테이너 안에 있어."

"어? 그래?"

"응, 내가 문을 열면 영길이 넌 재빨리 최루탄을 던져 넣어."

"알았어."

"그리고 태천이 너는 문을 닫아. 놈들이 튀어나오지 못하게 하려면 힘을 좀 써야 할 거야."

"그거야 내 전공이니까 맡겨 둬."

"그래, 준비해."

"알았어."

팀원들을 먼저 출발시킨 담용은 홀로 남아 추적의 단서가 될 만한 것들을 말끔히 정리했다.

담용이 밖으로 나왔을 때 날이 밝아 오려 하고 있었다.

여름날의 새벽은 날이 밝는 징후를 보인다 싶은 순간 금세 환하게 밝아 오기 마련이라 누군가의 눈에 띄기 전에 속히 벗어나야 했다.

도로를 가로지르는 담용의 어깨에는 꽤나 무거워 보이는 궤짝이 하나 올려져 있었다.

궤짝은 컨테이너에 들어 있던 것으로, 역시나 예상했던 대로 금이 들어 있었다.

그러나 금괴나 골드바 형태가 아닌 제품을 가장한 금덩이였다.

확인해 본 결과 금괴를 녹인 뒤 구리선 코일로 살짝 덧입혀 놓은 형태였던 것이다.

이곳 코일 공장을 이용하게 된 이유가 바로 제품으로 위장하기 위해서였던 것이다.

그야말로 밀수로 반입하는 전형적인 수법이었다.

담용이 도로를 가로질렀을 때를 맞춰 승용차 한 대가 빠르게 달려오더니 멈췄다.

끼이익. 털컥.

멈추자마자 차 문이 열리고 독빠이 내렸다.

"큰형님, 그건 제게 주시고 빨리 타십시오."

"이거 보기보다 엄청 무겁다. 같이 들어."

"에이, 큰형님도 참. 이까짓 걸 가지고……."

메고 있던 궤짝을 냉큼 받아 들던 독빡의 입에서 새된 비명이 터져 나왔다.

"악!"

궤짝을 땅에 떨어뜨리려는 것을 담용이 얼른 거들었다.

"그러게 내가 뭐랬어?"

"아이고오! 왜 이리 무거워!"

쿵—!

차 바닥에 닿는 소리도 묵직했다.

"휴우! 큰형님은 이렇게 무거운 걸 어떻게 들고 오셨대요?"

"하하하, 나야 타고난 장사지. 얼른 타!"

"옙!"

담용이 올라타고 독빡까지 탑승하자 짱돌이 지체 없이 차를 급발진시키며 물었다.

"큰형님, 그 궤짝은 뭡니까?"

"금."

"예에? 그, 금요?"

"응. 하지만 이건 김 사장 몫이다."

"아니! 내 몫이라니요?"

담용의 옆에 타고 있던 김구만이 깜짝 놀랐다.

"약속했잖소? 당신 몫을 주기로."

"그, 그래도 이건……."

담용이 일이 성공리에 끝나면 몫을 나누어 주겠다고 한 말을 제대로 지키리라고는 생각지도 못했는지 멍한 눈빛을 자아내는 김구만이다.

"100킬로그램이니 족히 20억은 될 거요. 그거면 조직을 개편하는 자금으로 모자라지는 않을 게요."

실제로 무게를 재 본 것은 아니나 코일 한 둘레당 킬로바로 환산하면 대충 그 정도는 될 것으로 여겨졌다.

"……!"

"그 친구도 벌이가 없는 이런 촌구석에서 제대로 된 자금을 비축해 뒀을 리는 없을 테니 말이오."

원래 항만을 두고 있는 바닷가가 돈이 많이 되는 건 맞지만 세계 박람회가 열리기 전까지의 여수는 아직 그렇고 그런 수준에서 벗어나지 못하고 있었다.

고로 그런 영향을 받을 수밖에 없는 조폭들도 살림이 가난하기는 마찬가지였다.

불곰도 오죽이나 살림이 쪼들렸으면 야쿠자 놈들이 싸지르는 돈에 혹해서 껌뻑 넘어갔을까?

그런 판국이니 힘을 길러 언제든 도시로 진출하기 위해 호시탐탐하고 있는 것이다.

"그렇지 않소?"

"그야……."

김구만은 제대로 짚었음을 부인하지 않았다.

여수가 항구라지만 활성화된 소비도시도 아니고 그렇다고 거창한 비전을 가지고 착착 개발되고 있는 지역도 아니니 수익이랄 것들은 빤했다.

이는 김구만이 더 잘 알고 있는 일이었다.

"자, 이제는 불곰이 있는 곳으로 갑시다. 나선 김에 정리해 버리게. 김 사장은 알리바이나 확실하게 만들어 놔요."

"그거야…… 근데 굳이 이렇게까지 할 필요가 있겠소?"

외지에서 온 자신을 받아 준 불곰이라 의리상 양심에 걸려 하는 말이었다.

'이 친구야, 욕심이 배 밖으로 나온 데다 일을 가리지 않고 해 대는 놈은 내가 불편해서 그래.'

내심은 그랬지만 조금은 순화해서 말했다.

"여수가 섬이 많은 것은 물론 만灣 같은 지형도 많아서 마음만 먹자고 들면 밀항선이나 밀항자들이 이용하기에 최적지 같소. 게다가 부산처럼 감시가 엄한 곳도 아니니 말이오. 안 그렇소?"

"제대로 봤소."

"그렇다면 야쿠자 놈들이 계속해서 여수 루트를 이용할 수도 있지 않겠소?"

"이번 일이 알려지면 어려울 거요."

"꼭 그렇지도 않소. 신항파는 꼼짝도 하지 않았으니 말이오."

"그래도 자유로울 수는 없지 않겠소."

"누군가는 와서 확인하겠지만 그뿐이오. 누가 오더라도 신항파 전력으로는 그런 일을 벌이기에 어렵다는 것을 금세 알 수 있을 테니까."

"이미 알고 있을 거요."

"하하, 그렇겠지요."

당연한 것이 하수인으로 두기 전에 신항파의 전력을 먼저 파악해 놓았을 테니까.

"뭐, 그사이 내가 가만히 있지도 않겠지만……."

말꼬리를 늘이던 담용이 다시 말을 이었다.

"이곳을 김 사장이 맡아 준다면 내 안심하고 여길 떠날 수 있겠소만……."

"으음……."

선뜻 대답을 못 하고 침음을 삼키는 김구만이다.

담용의 제의가 욕심이 났지만 너무 이른 감이 없지 않다는 생각인 것이다.

하지만 바꿔 생각하면 야쿠자같이 위험한 자들과 더는 엮일 것 같지 않다는 생각이 들었다.

이유는 야쿠자들이 이번 사태로 인해 신항파를 조사하는 것이야 당연하겠지만, 어떤 이유로든 일이 틀어진 바에야 재차 손잡고 일하기에는 어려울 것이다. 즉 야쿠자들이 다른 루트를 개척하기 위해서 올 수도 있다는 얘기다.

그렇다면 더 이상 위험은 없다고 할 수 있었다.

김구만이 위험을 두려워해서가 아니라 야쿠자들의 밀수를 돕다 보면 자금은 생길지 모르나 언젠가는 관계 기관과 부딪치게 될 것이 명약관화한지라 이를 꺼리는 것이다.

이미 생각해 둔 일, 고민하는 데는 그리 길지 않았다.

"맡겠습니다."

담용에게 계속 하오체를 해 오던 김구만의 어투가 존대로 바뀌었다.

여수를 온전히 맡긴다는데 싫어할 김구만도 아니었고 또 그런 사람에게 대우를 해 주지 못할 것도 없다는 생각인 것이다.

더구나 김구만으로서는 든든한 배경까지 얻을 수 있다. 인연을 맺어 놓기만 해도 유사시에 도움을 청할 수 있어 뭐든 자신감을 가지고 임할 수 있어서 좋았다.

그것도 실로 막강한 후원군이었다.

누가 보더라도 '세상에! 무장한 특전사 대원들이라니!'라며 입을 딱 벌릴 정도로 두려운 존재들인 것이다.

담용의 입에서 말은 나오지 않았지만 김구만은 정부가 운영하는 모 기관의 비밀 특수부대 대원들로 짐작하고 있는 중이었다.

그렇지 않고서야 그 누가 야쿠자들을 30분도 채 안 걸려서 별다른 저항도 받지 않고 잡아들일 수 있을까?

"간섭은 없을 것이오. 다만 협조를 구할 일이 있을 때는 좀 도와주시오."

"그야 얼마든지."

"짱돌, 너 알고 가는 거냐?"

"히히히, 어디로 갑니까, 김 사장님?"

"일단 항구 쪽으로 갑시다. 거기서 다시 가르쳐 줄 테니."

짱돌의 물음에 대답한 김구만이 담용을 쳐다보았다.

"혼자서 되겠습니까?"

"괜찮소. 어디까지나 김 사장은 모르는 일이 돼야 하는 일이니까."

"으음."

"그보다 김 사장은 굴러온 돌이니 토박이들을 효과적으로 장악할 생각이나 해 두시오. 이런 촌구석일수록 똘똘 뭉치는 경향이 강한 자들이니 말이오."

김구만이 말씨만 들어도 딱 표가 나는 외지인이라 내부의 반란이 걱정됐다.

실력이 있으니 굴러온 돌이라도 불곰이 부두목에 앉혔겠지만, 부하들 중에 불만이 없으란 법은 없다.

"그건 내가 알아서 정리할 수 있으니 걱정하지 않아도 됩니다."

불곰만 처리해 준다면 자신이 알아서 한다는 말을 에두르는 것으로 뜻을 전해 왔다.

"불곰의 집에 몇 명이나 있는지 아시오?"

"시시때때로 들락거리는 애들이지만 많아도 다섯 명은 넘지 않을 겁니다. 각자 맡은 구역이 있는 놈들이라서요."

"가족은?"

"미장가인데 있을 리가 없지요."

"잘됐군."

날이 희뿌옇게 밝아 오는 보현사.

보현사 인근에 위치한 2층 단독주택은 세월의 흔적이 완연했지만 그런 대로 규모가 있었다.

아직은 감시 카메라 같은 방비 시스템이 흔하게 보급되지 않은 시기라고 해도 한 지역의 보스급이 머무는 거주지치고는 많이 허술한 편이었다.

하기야 이권이 될 만한 것이라고는 찾아볼 수도 없는 촌구석에 누가 쳐들어온다고 돈을 처바를까 싶긴 하다.

그래도 방비 시스템이 전혀 없지는 않았다. 담용의 시선에 김구만이 일러 준 대로 불곰이 애지중지하며 키우는 놈들이 있었으니 바로 두 마리의 독일산 도베르만이었다.

정확한 명칭은 도베르만 핀셔다.

꼬리가 몽땅하고 약간의 갈색이 섞인 검둥개로 화나면 무척이나 사나운 놈이라 할 수 있다.

벌써부터 담장 밖을 어슬렁거리는 침입자의 냄새를 맡았는지 얕게 으르르거리고 있는 모양새다.

'흠, 이 기회에 저놈들에게도 시험을 해 볼까?'

애니멀 커멘딩, 즉 동물들과 정신 교감 혹은 영적 감응 등이 이뤄짐으로써 서로가 한마음으로 동화되게 하는 교류 능력을 말함이다.

담장의 높이를 어림잡아 보면서 진입할 곳을 찾느라 잠시 꾸물거리는 사이에 날이 더 밝아졌다.

'쩝, 빨리 해결해야겠는걸.'

시간에 쫓긴 담용이 암암리에 차크라를 끌어 올리고는 훌쩍 뛰어 담장 위에 올라섰다.

역시나 예측한 대로 도베르만 두 마리가 담용이 올라선 담장 밑으로 쏜살같이 달려왔다.

점프라도 하면 그대로 담장 끝까지 올라서고도 남을 만큼 험악한 기세를 내뿜고 있는 녀석들이다.

중요한 것은 이놈들이 짖기 전에 영적 감응이 신속하게 이루어져야 한다는 것이다.

눈은 마음의 창.

사람과 짐승 간에 대화가 통하지 않으니 눈으로 서로의 마음을 읽어야 했다.

차크라를 한껏 끌어 올려 눈에 집중시킨 담용의 안력이 도 베르만의 눈과 허공에서 부딪쳤다.

컹컹…… 크르르……. 컹…… 으르르…….

사납게 짖으려던 녀석들이 담용의 눈과 마주친 순간 곧바로 눈꼬리가 처지더니 곧 몽땅한 꼬리를 흔들어 대기 시작했다.

'통했구나!'

'아싸' 싶었던 담용은 기분을 만끽하는 것을 뒤로하고 담을 뛰어넘었다.

사뿐.

발이 땅에 닿자마자 제 주인인 양 엄청 아양을 떨어 대며 들러붙는 놈들을 슬슬 어루만지며 현관으로 향했다.

얼마나 씻기고 닦았는지 손에서 느껴지는 감촉이 보들보들했다. 아마도 날이 밝았을 때 보면 윤기가 자르르 흐를 것 같았다.

'앉아!'

척. 척.

훈련을 시켰는지 말도 잘 듣는다.

'기다려!'

끄응. 끙.

앓는 소리를 내는 놈들을 가만히 쓰다듬어 주고는 슬며시 현관문을 잡아당기니 역시나 잠겨 있다.

두건을 덮어쓰고 유리칼을 꺼낸 담용이 현관의 유리창을 긋고 문을 따는 것은 금세였다.

현관문을 열고 살며시 들어선 담용은 대번에 화통 같은 코 골이에 이어 코를 싸쥐게 하는 퀴퀴한 알코올 냄새가 확 풍겨 오는 것에 절로 인상이 찌푸려졌다.

'어이구, 웬 놈의 술을 이리도 많이 퍼마셨어?'

회관에서 마시고 귀가해서 또 퍼마셨는지 거실은 갖가지 술병들이 어지럽게 나뒹굴고 있었다.

뿐인가?

방만한 놀음의 끝에 필연적으로 나타나는 무방비의 삶을 그대로 드러낸 난장판의 모습이다.

제멋대로 늘어지고 뻗은 자세들을 보니 마치 한 편의 행위예술을 보는 것만 같다.

거기에 집이 떠나가지 않는 것이 신기할 정도로 코를 심하게 골고 있기까지 했으니 어이가 없을 지경이다.

'흐이그, 제 놈들이 무슨 조폭이라고⋯⋯.'

경계를 도베르만에게 맡겨 놓고 제멋대로 무방비 상태라니.

죽어도 싸다.

'한심한 놈들. 하나, 둘, 셋, 넷, 다섯, 여섯⋯⋯.'

여섯을 셌지만 불곰은 보이지 않았다.

담용은 부하들을 놔두고 2층으로 향했다.

나무로 된 계단이다 보니 삐걱대는 소리가 났지만 이미 무인지경이나 다름없다.

　'헐!'

　담용이 못 볼 것을 봤다는 듯 순간적으로 눈을 돌렸다.

　무더워서 그랬는지 방문이 활짝 열려 있었고, 방사를 치렀는지 태초의 모습을 한 남녀가 서로 엉켜 있었다.

　참으로 가관인 꼴불견이었다.

　'젠장 할⋯⋯.'

　눈 질끈 감고 성큼성큼 걸어간 담용은 아무렇게나 내질러진 이불로 여자의 알몸을 덮어 주고는 다짜고짜 불곰에게 다가가 입을 틀어막고 허리를 분질러 버렸다.

　"커헉!"

　들−썩!

　차크라에서 분출된 우악스러운 힘은 불곰으로 하여금 뜨헉 하게 만들었다.

　아닌 밤중에 홍두깨라고 곤히 자다가 봉변을 당한 격인 불곰은 갑작스럽게 닥쳐온 극고의 통증을 느꼈는지 화들짝 놀라 잠에서 깼다.

　하지만 어떻게 된 일인지 옴짝달싹도 하지 못하고 눈을 부릅뜬 채 입만 딱 벌렸다.

　버둥버둥.

　그제야 제대로 느껴지는 엄청난 고통.

"끄으으으……."

뒤늦게야 몸부림을 쳐 보고 있는 대로 비명을 내질러 보지만, 강철과도 같은 억센 손에 입이 가려져 있는 탓에 겨우 신음만 내뱉을 뿐이었다.

우드드득.

"끄아아아……."

퍽!

"커헉!"

수도로 목을 가격당한 불곰이 짧은 비명을 남긴 채 그대로 기절해 버렸다.

소란 축에도 끼지 못했는지 여자는 코까지 골며 세상모르고 곯아떨어져 있었다.

다시 아래층으로 내려온 담용이 천지분간도 못한 채 곯아떨어진 여섯 명의 사내들을 요리하는 것은 여반장이었다.

급기야 여섯 마디의 신음이 나돌고 침묵이 찾아왔을 때, 담용이 현관문을 열고 나왔다.

컹―! 컹컹.

"하하하. 그래, 이젠 짖어도 된다."

담용이 대문으로 향하자, 두 녀석이 졸졸 따라왔다.

"잘 있어……."

우뚝.

두 녀석과 작별을 하려던 담용이 갑자기 걸음을 멈췄다.

"가만…… 이놈들은 누가 키우지?"

컹. 컹. 컹. 컹컹컹.

"에구야……."

바인더북

영암에서

부르르릉-!

여수에서 출발한 담용의 레인지로버가 남해고속도로를 시원하게 달리고 있었다.

운전대는 계속해서 짱돌이 잡았고, 언제나 그렇듯 단짝인 독빡이 조수석에서 함께하고 있었다.

그런데 언제나 분위기맨을 자처하며 활기차게 떠들던 두 사람이 뒷좌석을 자주 힐끗거리며 쥐 죽은 듯 조용히 침묵하고 있었다.

이유는 다름이 아니었다. 늘 담용 혼자 앉아 있던 뒷좌석에 식구가 는 것이 원인이다. 바로 불곰의 집에서 데려온 두 마리의 도베르만 핀셔 때문이었다.

그런 두 사람의 경계 어린 눈빛을 무색하게 만들기라도 하듯 두 마리의 도베르만은 담용의 양옆에서 눈만 또록또록 굴린 채 조용히 엎드려 있었다.

짱돌과 독빡은 겁을 바짝 먹었지만 한편으로는 신기하다는 생각을 했다.

얼핏 봐도 사나운 기질이 다분해 보이는 맹견임에도 불구하고 기이하다 할 정도로 고분고분하다 보니 이제는 두려움이 가시고 슬며시 담이 커졌다.

두 사람이 어찌 알 수 있을까? 도베르만과 담용이 지금도 서로 간에 영적 감응으로 교류하며 서서히 동화되어 가고 있음을 말이다.

이는 담용이 도베르만을 데리고 온 순간부터 가장 우선해서 할 일이었기에 미룰 수가 없었던 것이다.

몇 살배기인지는 모른다.

이건 동물병원에 가면 치아 상태로 나이를 계산할 수 있다는 말을 들은 적이 있어 대충 알 수 있을 것으로 봤다.

다음은 암수 한 쌍이라는 것.

아마도 십중팔구는 부모가 동일하지 싶은데 잘 모르겠다.

김구만의 말에 의하면 불곰이 족보가 있는 개라며 자랑을 했다니, 그것에서 희망을 찾을 수 있을 것도 같았다.

사실 불곰의 금고를 뒤지지 않은 건 궁티가 나는 사람을 털어 봤자 별 이득이 없을 것이라 여겼기 때문이다.

바인더북

어쨌거나 이제부터는 싫으나 좋으나 두 맹견과 같이 살아가야 한다.

보는 것만으로도 위협이 되는 맹견일 수밖에 없는 도베르만이다. 그래서 일단은 사람과 가장 친한 동반자라는 점을 인식시켜 주는 것이 선결 과제다.

얘들이 불곰과 같은 개차반을 주인으로 삼고 살았으니 성질도 그 나물에 그 밥이라고 못된 것까지 닮았을 수가 있어 정신 개조는 반드시 필요했다.

다음으로는 도시에서 개를 키우려면 사람과의 관계, 즉 사회성을 주지시켜 주어야 한다. 더불어 살아가는 사이임을 인식시켜 줘야 하는 것이다.

그리고 조금 더 욕심을 낸다면 기본적으로 도베르만 스스로 인간을 돕는 명견이라는 것을 인식시켜 주어 실제로 그렇게 행동하게 하고 싶었다.

물론 단시일 내에 이룬다는 것은 제아무리 능숙한 애견 훈련사라도 불가능한 일일 것이다. 그러나 세상에서 유일무이하게 담용만은 가능했다.

이는 담용에게 애니멀 커맨딩이라는 초능력이 있기에 가능한 것이다.

만약 그에게 이런 능력이 없다면 애초에 데리고 나올 생각도 하지 않았을 것이다.

지금도 한 인간과 두 마리의 개는 끊임없이 영적 교류를 하고 있는 중이었다.

심지어 이 자리에 없는 할아버지, 할머니 그리고 동생들과 정인이까지 그들의 생김새와 성격을 얘기해 주며 소개를 해 주었다.

아울러 앞의 두 사람을 포함해서 팀원들까지 일일이 두 녀석 뇌리에 각인시켰다.

이름도 지어 주었다.

불곰이 부르던 이름이 있었겠지만 새로운 주인을 맞아 그에 걸맞은 이름의 필요성을 느껴 강렬한 염력을 이용해 아예 각인시켜 버렸다.

그럴 일이야 없겠지만 혹시 불곰이 찾더라도 옛 주인을 알아보지 못함은 물론 반응도 하지 않게 말이다.

수놈의 이름은 동구, 암놈의 이름은 순성이로 지었다.

이런 일련의 행위가 먹혀들지는 영적 교류자인 담용 자신도 장담할 수 없는 일이었지만, 조금이라도 위험성을 줄여 보고자 하는 의도도 있고 새로운 환경에 친근감이 가도록 행하는 일이었다.

하나 담용은 안다. 두 마리의 도베르만과 은연중 영적 교감이 이루지고 있음을 어렴풋이나마 느낄 수 있었다.

그것은 뭐라고 딱 꼬집어 말하기 어려운 일종의 감이었다.

모르긴 해도 이 순간이 지나고 나면 세계 제일의 명견이 탄생할 수도 있겠다고 여길 정도로 말이다.

바인더북

한데 애석하게도 도베르만 때문에 겁을 먹었다는 사실이 싫었던지 아니면 침묵이 길어지는 것이 마뜩지 않았던지 갑자기 짱돌이 큰소리로 웃어 대면서 교감이 깨져 버리고 말았다.

"하하하핫! 이렇게 큰형님과 여행을 다니게 될 줄이야 꿈에도 생각하지 못했습니다. 야! 독빡아, 넌 기분이 어때?"

"어? 나야 고국이라곤 처음 와 봤는데, 물어볼 것도 없지. 꼭 말하라면 그냥 기분이 째진다고나 할까?"

서로 콤비가 아니랄까 봐 주고받는 말이 척척 들어맞는다.

"짜아식. 이 기회에 많이 봐 둬라. 일본 들어가면 언제 또 올지 모르잖아?"

"안 그래도 고민을 좀 해 봤는데, 고국으로 올까 심각하게 고려해 보고 있는 중이다. 좀 지내다 보니까 내게 고국이 체질에 맞는 것 같아서 말이야."

"얼라리! 어머니는 어떡하고?"

"결정을 하게 되면 말씀드려서 같이 오자고 해야지. 어차피 내가 모셔야 하는 분이니까."

"그럼…… 여기 와서 뭘 해서 먹고살 건데?"

"그래, 그게 고민이긴 해."

"참! 너 요리 잘하잖아?"

"에이, 누구나 할 수 있는 요릴 가지고 어디다 내세워?"

"그런가? 난 맛만 있던데……."

"나야 어떤 일을 하든 상관없는데, 어머니를 모시려면 좀 그럴듯한 직업이 있어야 할 것 같아."

그때 이미 김이 팍 새 버린 담용이 두 사람의 대화를 듣다가 간섭하고 나섰다.

"흠. 독빡아, 네가 결정하면 모친은 설득할 수 있고?"

"예, 큰형님. 자식 이기는 부모 없다는 말처럼 제 모친께서도 그러실 걸로 압니다. 아니, 그러실 겁니다."

"그럼, 일단 일본으로 들어가서 모친께 말씀드려 봐라. 네 자리는 내가 마련해 볼 테니까."

"정말요?"

"그래, 믿어도 된다. 할 수만 있다면 한국 사람인 이상 고국에 와서 살아야 맞지."

"와우! 큰형님, 감사합니다. 은혜는 반드시 갚겠습니다."

"그러던지. 참, 한국에 오더라도 집은 구할 수 있냐?"

"그건…… 이것저것 처분하면 어찌어찌 마련할 수 있을 겁니다."

"모친께선 연세가 어떻게 되시지?"

"아직 50이 안 되셨습니다."

"아직 젊으시네. 호스트바에서 일한다고 하셨지?"

"예. 주방을 책임지고 계시지요."

"어? 그래?"

"예, 혹시 자리가 있겠습니까?"

"글쎄다. 아무래도 일식이 주 메뉴일 텐데…… 일단 얘기를 해 볼 데가 있으니 한번 알아보자."

"큰형님, 부탁드립니다. 아마 어머니에게는 자식인 저보다도 당신의 취직자리가 있다는 말이 더 설득력이 있을 겁니다."

"음. 알았다."

담용은 그 말이 충분히 공감이 됐다.

부모란 원래 그런 것이다.

몸이 성한 한은 자식이 고생하는 것보다 자신이 고생하는 것이 훨씬 더 가치가 있고 또 마음이 편하다고 여기는 분들이시니 말이다.

"큰형님, 저는요?"

"넌 또 왜?"

"저도 취직을 시켜 주시면 안 될까 해서요."

"인석아, 너는 빨리 복학할……."

뭔가 말을 하려던 담용은 불현듯 무슨 생각이 났는지 말문이 막혀 버렸다.

'이런 젠장. 그리고 보니 여태껏 애들 이름도 모르고 있었네.'

그러고도 큰형님이란 소릴 듣고 있었다니 참으로 한심했다.

'쯧, 나도 세상에 편승해 타성에 젖어 가는 건가? 이러면

곤란한데…….'

기억 저편의 올챙이 시절이 언제 있었냐는 듯 이젠 떠오르지도 않는지 가물가물한 것 같다.

이 모두 채찍질이 모자라서다.

아니 꼭 의식을 해서가 아니다. 지금의 생활에 담용 자신도 모르게 녹아들어 편하게 안주해 버린 점이 더 크다고 여겼다.

'이래선 안 되지.'

수시로 스스로를 돌아보고 절제를 하고 채찍질을 해야 하는 일임에도 무심코 지나쳐 버린 탓이었다.

잘못을 사과하는 일은 언제 해도 늦지 않는 법.

"미안하다. 이 형이 너희들과 안 지 꽤나 오래됐으면서도 여태껏 이름도 몰랐구나."

"히히히, 큰형님도 참. 달리 알려 줄 일이 있었어야죠. 전 안상수예요."

"독빡이는?"

"최도출입니다."

"어, 그래. 내 이름은 알지?"

직접 가르쳐 준 적이 없어서 혹시나 해서 묻는 것이다.

"그럼요. 독사 형이 큰형님 이름을 절대 잊어서는 안 된다고 워낙 강조를 해 대는 통에 잊으려야 잊을 수가 없는걸요."

"하여튼 그 녀석은 엉뚱한 곳에서 맹하다니까."

"하하하…… 맞습니다. 가끔 가다가 맹한 구석이 있긴 하더군요."

"큰형님, 그 개 키우실 겁니까?"

"응. 왜? 독빡이 네가 키우게?"

"어이쿠! 천만에요. 설사 제게 안겨 준다 해도 갖다 버릴 겁니다. 제 한 몸 건사하기도 버거운 판에 무슨……? 전 개 안 키웁니다."

"큰형님, 언제 사나워질지 모르는 맹견인데 무섭지 않습니까? 아니 걱정이 안 됩니까?"

"짱돌, 너는 지금 얘들이 무서워 보이냐?"

"아뇨. 하지만 언제 날뛸지……."

"말하는 꼴이 꼭 네게 달라고 하는 것 같다."

"에이, 농담하지 마시고요."

"농담이 아니다. 그러니 줄 때 받아. 이따가 후회하지 말고."

"후회 안 해요. 진짜로요."

"그럼, 너희 둘 다 분명히 싫다고 했다."

"나참, 그렇다니까요."

"알았어. 나중에 후회하지 말도록."

"후회할 일 없다니까요. 아참, 큰형님, 독사 형에게 전화해야 한다고 하지 않았어요?"

"엉? 아아아. 이런! 깜빡했다. 이거 큰 탈 났는걸. 인마,

진작 얘기해 주지그랬어?"

"저도 방금 생각이 나서요."

"아, 이거 너무 늦었는걸."

강인한이 성수병원으로 가서 의사를 픽업해 심종석과 팀원들을 만나야 하는 일이었다.

"지금쯤 도착할 시간이 거의 다 됐을 텐데……."

그러면서 얼른 휴대폰을 꺼내 급히 단축번호를 눌렀다.

그런데 한참 신호가 가도 전화를 받지 않는다.

'이 녀석이!'

마음은 바빠 죽겠는데 이럴 때는 야속하게도 머피의 법칙이 제대로 딱딱 들어맞는다.

신호가 끝나는 멘트가 나올 때까지도 강인한의 기척이 없다.

'이놈 보게.'

"왜? 안 받습니까?"

"그래, 깊이 잠들었나 본데?"

"계속해 보세요. 독사 형은 귀찮으면 벨소리를 듣고도 안 받을 때가 있어요."

"끄지도 않고?"

"예."

"못된 버릇이군. 그러려면 휴대폰은 왜 들고 다녀?"

꾸욱.

다시 걸었지만 여전히 받질 않는다.

'무슨 일이 있나?'

누구나 그렇듯 전에 없던 일이 발생하면 오만 가지 생각이 들면서 걱정부터 앞선다.

담용도 예외는 아니었지만 시간을 끌 수 있는 사안이 아니어서 대타로 명국성을 생각하고는 막 종료 버튼을 누르려고 했다.

ㅡ어이씨! 누구야! 꼭두새벽부터 언 넘이 전화질이야!

깜짝!

갑작스럽게 귀청을 때리는 고함 소리에 천하의 담용도 놀랐는지 휴대폰을 떼고는 가슴을 쓸어내렸다.

ㅡ너, 이 새끼, 누구야?

"후우, 아주 지랄을 해라. 지랄을."

탁!

괘씸한 생각이 든 담용이 그냥 끊어 버렸다.

휴대폰에서 터진 목소리가 워낙 컸던 탓에 짱돌과 독빡의 귀에도 들려와 두 사람은 숨도 쉬지 못하고 침묵을 지켰다.

디리리. 디리리리…….

곧바로 진동이 울리는 것을 보니 분명 강인한일 것이다.

그래도 일은 일.

"짱돌, 난 이 녀석과 말을 섞기 싫으니 끊어지면 네 전화로 통화해라."

"뭐라고 해요?"

"지금 즉시 성수병원으로 가서 정형외과 전문의를 픽업하는 즉시 심종석과 통화하라고 해라."

"그렇게만 전하면 됩니까?"

"그래, 원장님께는 내가 전화해 놨다고 해."

이즈음 오류동의 성수병원은 담용, 아니 복사골복지재단의 명의가 된 이후부터 독립유공자 및 유자녀 들에게 무료로 진료를 해 오고 있었다. 그들로 인해 병원은 언제나 북적거렸고 또 바쁘게 돌아가고 있었다.

그래서 복지재단이 완공될 때까지 병원장이 될 윤상돈과 그의 멤버들 역시 성수병원에 합류해 진료를 해 오고 있었다.

그러나 아무리 월급을 주는 고용자라 하더라도 스스로 상류층이라 생각하며 고매한 인격자라고 여기는 의사들을 함부로 오라 가라 할 수는 없는 일이라 부탁을 해도 조심스러울 수밖에 없다.

"어? 언제 했지요?"

"아니, 지금 해야지. 어? 끊어졌다. 빨리 걸어!"

"크크큭, 알았어요."

"자꾸 뭐라고 하면, 그 일 제대로 안 해 놓으면 복날 개 패듯이 두드려 맞을 각오를 하라고 해. 그리고 이 형이 엄청 화났다고도 말하고."

바인더북

"히히힛, 제게 맡겨 주십시오, 히히히……."

영암 SG목장.

호주에서 온 손님인 미첼과 매튜 그리고 마크 설리번과 민혜영 이렇게 네 사람과 담용은 활성산 여운재에 올라 목장의 전체적인 풍광을 감상하며 동시에 규모를 가늠하고 있는 중이었다.

그러나 네 사람과는 달리 휴대폰을 만지작거리는 담용의 표정은 그리 밝지 않았다.

결국 뭔가 마뜩지 않았었던지 휴대폰의 버튼을 누르는 담용이다.

-예, 팀장님.

"한 과장님, 아직도 안 왔습니까?"

-예, 아직 세 사람 중에 한 사람도 안 나타나고 있습니다.

"참나, 안내도 받아야 하고 들을 말이 많은데…… 알았습니다. 계속 기다려야겠군요."

-아무래도 분위기가 별로 안 좋은 회사이니 책을 잡히지 않으려면 그래야겠지요.

"수고해 주세요."

통화를 끊은 담용이 설리번을 힐끗 쳐다봤지만 그는 쌍안

경으로 목장 구석구석을 살피고 있는 중이었다.

아! 쌍안경이 아니라 거리 측정기라고 했다.

'쯧, 담당자가 없으니…… 이거 돌아다녀야 하나 말아야 하나?'

영암에 와서 출발부터 삐끗하는 기분이었지만, 그런 기분을 민혜영의 탄성 어린 목소리가 걷어 내 버렸다.

"담용 씨, 전 우리나라에 이렇게 넓은 목장이 있는 줄 몰랐어예. 정말 대단하네예."

여운재에 오르자마자 감탄을 연발하던 민혜영이다.

그녀의 말처럼 얼핏 느끼기에도 좁은 국토인 대한민국에 이런 끝이 보이지 않을 정도의 규모를 가진 목장이 있었나 할 정도로 광활했다.

그런 느낌은 누구나 비슷했는지 광활한 국토를 모국으로 하고 있는 매튜도 민혜영의 말에 동조해 고개를 끄덕였다.

마크 설리번과 미첼은 각기 제 할 일들이 있어 민혜영의 말은 들리지도 않는 듯했다.

설리번이야 전문가답게 쉽사리 감정을 드러내지 않은 채 거리 측정에 열심이었고, 미첼은 답사를 왔다면 반드시 해야 할 일인 무비카메라로 목장의 정경을 열심히 촬영하고 있는 중이었다.

해발 394m의 활성산 내에 형성된 목장의 면적은 약 256만 평이었다.

바인더북

거기에 축사가 12동에 분만사 1동 그리고 육성사 3동과 격리 축사 1동, 사료 창고 3동, 사료 조리실 1동, 사일로 32개 등의 시설이 소재하고 있었다.

부대시설로 운동장, 약욕장, 급수장, 생산물 처리장, 사료포, 농기구 창고, 퇴비 창고 등이 딸려 있었다.

"담용 씨, 소는 한 마리도 없나 보네예?"

"예. 부동산을 매각하기 위해 모두 처분했지요."

제멋대로 지어낸 말이지만 순서가 그러했을 것이니 거짓말은 아닐 터였다.

마크 설리번의 작업을 방해하고 싶지 않은 담용은 멀리서 질주 본능을 드러내며 제 마음껏 뛰어놀고 있는 동구와 순성이를 향해 걸어갔다.

목장에 대해 비전문가인 자신이 할 수 있는 게 아무것도 없었던 것이다.

진행해 온 방향으로 보아 어차피 설리번의 다음 코스일 것이니 미리 가서 오랜만에 야외로 나온 기분을 즐기기로 했다.

동구와 순성이는 미첼 일행들이 오기 훨씬 전부터 뛰어다니고 있었지만 도무지 지칠 줄을 모르고 놀이에 빠져 있었다. 마치 갑갑한 우리에서 해방되어 제 놈들의 세상에 온 것처럼 말이다.

뺨을 스치는 살랑바람의 감촉을 만끽하며 걸어가는 담용

의 곁으로 매튜가 슬그머니 따라오더니 말을 걸었다.

"미스터 육."

"아! 매튜, 부산에서는 그렇게 즐거웠다면서요?"

"하하핫, 숙모님께 들었군요. 맞아요. 내 생애 가장 즐거운 날이었어요. 무엇보다 특별하다고 할 만한 것은 이거……."

매튜가 새끼손가락을 내보이며 눈을 찡긋했다.

"엉? 거, 걸프렌드?"

"오오! 예스. 예스. 캐치 온 패스트catches on fast!"

"하하핫, 눈치하면 저죠. 아무튼 많이많이 축하드려요."

"댕큐, 댕큐!"

"그래, 예뻐요?"

"엄청나게 예쁘고 날씬합니다. 제 눈에 딱 꽂혀 버렸다니까요!"

"푸하하하. 그렇게 말하니 무지하게 궁금하네요. 뭐 하는 여잔데요?"

담용의 물음에 빙긋 웃던 매튜가 갑자기 팬터마임 흉내를 냈다.

모자에다 앞치마를 두르는 것을 시작으로 도마에다 칼로 썰고 자르고 프라이팬에 뭔가를 지지고 뒤집개로 뒤집다가 곧 냄비에 물을 붓는 시늉에 이르기까지 온갖 몸짓을 모두 동원했다.

'푸홋! 무슨 스피드 게임도 아니고……'

유치하긴 했지만 멀리서부터 온 손님인데 기분을 맞춰 주
는 것이야 뭐 어려울까.

"아아! 스톱!"

"……?

"셰프!"

"Oh! That's correct!"

'풋! 그렇게 리얼하게 표현하는데 알아맞히지 못한다면 그
게 바보지 정상이냐?'

다분히 코미디 요소가 가미된 행동이지만 다 재미있자고
하는 짓임을 모르지는 않았다.

그러니 어쭙잖은 쇼에도 넘어가 주는 것이 도리.

하지만 좀 과도한 제스처이긴 하다.

"매튜, 언제 한번 소개해 줘요."

"하하핫, 다음에 한국으로 올 때 소개해 드리지요."

"하핫, 그때 약속 지켜요."

"Ya. I will. I promise. Hm. Hm…… and……."

말을 잇지 못하고 질질 끄는 것이 답답했던 담용이 물었
다.

"Mattew, What's the matter?"

"Yeah. I've got a favor to ask."

'부탁이라니? 흠. 이거였나?'

과도한 제스처를 취할 때부터 수상하다고 여기던 것이 들어맞은 격이다.

뭐, 원상체인에 근무할 때 시드니의 마스코트 오더를 수주한 신세도 있으니 못 들어줄 것도 없었다.

더구나 과거 철없던 때의 매튜와는 많이 달라져 있지 않은가?

"What do you want to talk about?"

"미스터 육, 원상체인에 같이 좀 가 줘요."

주저하지 않고 대뜸 튀어나온 말이었다.

"원상체인? 거긴 왜요?"

"문제가 좀 있어요."

"오더 문제예요?"

"예. 캔슬을 생각해야 할 만큼 심각해요."

"······!"

'쯧, 할 일이 산더미 같은데······.'

매튜의 표정을 보아하니 오더에 심각한 문제가 생긴 것 같았다.

'그런데 도원이 녀석은 왜 말이 없지?'

그리고 보니 도원이와 연락한 지도 꽤 되는 것 같다.

더불어 녀석과 함께 투자한 주식이 어떻게 됐는지도 궁금하긴 했다.

뭐, 지금 버는 것에 비하면 조족지혈인 금액이지만, 곤궁

할 때 어렵사리 융자를 받아서 투자한 돈이라 애착이 갔다.

'도원이에게는 미안하지만 더 이상은 관련되고 싶지 않군.'

담용은 짧다면 짧은 시간이지만 그동안 적지 않은 일을 해 오면서 사람마다 능력이나 성품에 걸맞은 그릇의 양이 따로 있다는 것을 알았다.

원상체인 역시 권양선 사장이나 직원들의 역량에 따라 회사를 운영해 나가기 위해서는 그만한 역량에 맞는 자격, 즉 그릇이 되어 있어야 한다.

담용 자신이 계속 봐줘야 할 만큼의 역량이나 능력이 있는 것도 아니었고, 남의 사업에 계속해서 관여한다는 것은 옳지 않다는 생각이 들었다.

이는 곧 그들의 일이 아니라 자신의 일이 된다는 관점이고 보면 더 이상의 간섭은 월권이었다.

'맞아. 원래는 진즉에 망했을 회사지.'

단지 담용으로 인해 그 수명이 좀 더 늘어났을 뿐.

역량의 한계가 여기까지라면 그동안 미래의 비전을 위한 투자와 개발이 전혀 없이 안주만 해 왔다는 뜻이다.

인수하지 않을 바에야 더는 봐줄 수 없는 일.

"오더를 캔슬시키면…… 아니, 금액이 얼마죠?"

"오백만 달러요."

"……!"

담용의 눈이 휘둥그레졌다.

뭐가 그렇게 많아?

말인즉 그동안 교역량이 일취월장했다는 얘기다.

"아아, 로컬까지 합해서요."

'그렇다고 해도…….'

금액이 큰 만큼 잘못하면 적지 않은 피해자가 생길 것 같은 예감이다.

원상체인은 물론 그 하청업자들까지.

'쩝, 더 이상은 곤란해.'

언제까지 인정에 의해 끌려다닐 수는 없는 일이었다.

그리고 아슬아슬한 줄타기를 계속함으로써 리스크가 점점 커지는 것보다는 차라리 일찍 무너지는 것이 낫다는 생각도 들었다.

"흠, 매튜."

"예?"

"전 원상체인을 떠난 사람이에요."

"아, 알아요."

"인연에 따라 관여할 만큼 했다고 생각해요."

"그것도…… 알아요."

"이젠…… 더 이상 관여하고 싶지 않아요. 이해돼요?"

"그럼, 원상체인과 거래를 끊어도 상관없어요?"

"하하핫, 그럼요. 내 얼굴을 봐서 억지로 할 필요는 없어요."

"그렇다면 삼촌에게 말 좀 해 주세요."

"어떻게요?"

"제 맘대로 해도 된다고요."

"흠, 아직도 삼촌에게 신뢰를 못 받고 있나요?"

"그게 아니라 원상체인만큼은 미스터 육과 의논해서 결정하라고 해서요."

이해도 가고 참으로 고마운 말이나 더 이상 그래서는 안 된다.

"알았어요. 이제부턴 원상체인과 저를 결부시키지 마시고 마음껏 사업을 하도록 하세요."

"하하핫, 그동안 고민이 많았는데 마치 앓던 이가 빠진 것 같이 시원해졌어요. 고마워요, 미스터 육."

"천만에요. 오히려 제게 의논해 주셔서 감사한걸요."

그렇게 매튜와 대화를 나누는 동안 설리번이 조사를 끝냈는지 부르는 소리가 들려왔다.

"헤이, 미스터 육!"

"미스터 설리번, 다 끝났어요?"

"아하하핫, 이제 막 시작했을 뿐이라네."

저렇게 사람 좋은 웃음을 짓고는 있지만 결코 만만하게 대할 사람이 아닌 탓에 담용은 절대 긴장을 풀지 않는다.

그도 그럴 것이 호주의 유가공 생산자 조합 중 가장 큰 업체인 머레이 걸Murray Goulburn의 간부이기 때문이다.

호주 우유 공급량의 약 3분의 1가량을 유제품으로 가공해 판매하는 회사로, 우유는 물론 다양한 소매 브랜드 제품들이 유명세를 떨치고 있는 회사다.

담용은 SG목장이 새로운 주인을 찾는다면 단연 머레이 걸번이라고 여기고 있었다.

이유는 기억의 저편에서도 머레이 걸번 이외에는 손을 내미는 회사가 아무도 없었기 때문이었다.

그야말로 마지막 동아줄이자 머레이 걸번이 아니면 대안이 없는 상황.

바로 이것이 담용이 마크 설리번에게 최대한 신경을 쓰는 이유였다.

만약 결렬이 된다면 먼 훗날 이리저리 떠돌다가 종국에는 풍력발전소가 되는 곳.

인적으로나 물적으로나 엄청난 낭비가 아닐 수 없다.

"이게 뭔지 아는가?"

엄지와 검지 사이에 낀 조그만 병을 흔들며 싱글거리는 설리번이다.

"그거 흙이잖습니까?"

"맞아. 표본을 채취한 것이지."

"이유가 있을 것 같습니다만……."

"생석회의 함유량이 얼만지 알고 싶어서라네."

"아아아…… 알아요. 석회와 인산이 풍부하면서 또한 산성토가 되어서는 곤란하겠지요?"

"호오! 잘 아는군그래."

"아무래도 매각을 하기 위해서라도 공부를 조금 하게 되더군요."

"옳은 말일세. 전문가는 아니더라도 상식 정도는 알아 둬야 얘기가 되겠지."

"보시기에 어떻습니까?"

"괜찮네. 물론 보완해야 할 것이 한두 가지가 아니지만, 그거야 소소한 문제일 테고…… 그보다 인력 수급이 어떨지 그게 궁금하군."

"아! 그건 여기……."

담용은 얼른 서류 가방에서 관제 봉투 하나를 꺼내 건넸다.

"프로포잘(제안서)에 기록되어 있지 않아서 묻는 거라네."

"죄송합니다. 그땐 미처 준비하지 못했습니다."

"어? 이건 영어가 아닌데……."

"귀국하실 때 완벽한 서류를 만들어 드리겠습니다. 지금은 도표만 보셔도 대략 알 수 있게 했습니다만……."

"흠, 그렇긴 하군."

'휴우! 영암군청에서 자료를 받아 오길 잘했네.'

자칫했으면 놓칠 뻔한 자료로 영암으로 오던 도중에 문득 생각나서 부랴부랴 준비했던 것이다.

"2000년 상반기 현재 6만 5,495명이로군."

"예. 괄호 안의 숫자는 65세 이상 노인 인구 9,345명이라는 뜻입니다."

"흠, 이 마을은 주로 무슨 직업에 종사하는가?"

"시골이니 대부분 농업이지만 바다와 접해 있어서 일부 사람들은 조선업에도 종사하고 있지요."

"만약 목장과 가공 공장이 들어선다면 인력 수급이 원활할 수 있겠는가?"

"기본적으로 시골은 돈이 그리 많지 않은 곳이라 유통도 그만큼 경색되어 있지요. 목장과 가공 공장이 이곳에 생긴다면 아마 관할군청에서부터 쌍수를 들고 환영할 것으로 봅니다. 물론 인력 수급에도 적극적일 테고요."

"하하하, 지역 경제에 도움이 되니까 그렇겠지."

"맞습니다. 아울러 공사를 할 때 웬만한 협조와 편의는 기본적으로 제공될 것입니다."

그러지 않아도 구제금융하의 어려운 시기다. 영암군같이 경제적 기반이 열악한 지방은 더 말할 것도 없고.

그러니 얼씨구나 하고 환영하고도 남을 일이다. 더구나 굴지의 외국 기업을 유치할 수 있다는데 뭔들 못 내놓을까?

"참고하지."

"제안서는 출국하시기 전에 다시 제출하도록 하겠습니

바인더북

다."

"알겠네. 솔직히 마음에 들긴 해. 목장의 첫 번째 조건
이…… 아! 하나같이 중요하니 순서는 없다고 보면 되네."

"그렇겠지요."

"배수가 잘돼야 하는 것인데, 보다시피 오히려 과도할 정
도로 최적지로 여겨지네. 두 번째가 입지 조건인데 첫 번째
조건과 부합되는 항목으로 적당히 경사가 져 있어야 하지.
대략 10도 내외의 경사지라면 합격점이라 할 수 있네."

"제가 보기엔 급경사라고 할 만한 곳도 더러 있습니다
만……."

"후후훗, 세세한 부분까지 언급하자면 목장은 의외로 그
런 지역이 절대적으로 필요할 때도 있다네."

"그렇군요."

"세 번째가 조금 전에 언급했던 토질 문제인데…… 토심이
깊고 석회와 인산이 풍부하면서 동시에 산성이 아닌 지역이
라면 더 이상 좋을 수가 없겠지."

"그건 제 능력 밖인 것 같군요."

"그렇지. 이건 연구원들이 할 일이니까. 내가 봤을 때는
그런대로 조건을 갖춘 것 같아. 네 번째가 진입로가 용이한
지형이 돼야 하지."

"그 정도는 저도 압니다. 사료와 생산물의 운반이 편리한
위치여야 한다는 거지요?"

"하하핫, 그러네. 다섯 번째가 바로 인력 수급이 용이한 지역인가. 이것은 아까 얘기했으니 여섯 번째를 말하지."

"그야 물이겠지요."

"하하하, 맞았네."

"저길 보게."

"……?"

설리번이 가리키는 곳으로 고개를 돌린 담용의 눈에 연못이 보였다.

"연못이군요."

"목장에 물은 정말 중요하지. 같이 가 보세."

"예."

담용도 알 것 같았다.

간단히 케냐의 세렌게티 초원만 생각해도 짐승들이 연못으로 몰려들지 않는가?

담용과 설리번이 앞장을 서고 미첼과 매튜 그리고 민혜영이 뒤를 따라왔다.

그때다.

급수장이 있는 곳에서 장화를 신은 사내가 씩씩거리며 다가오더니 대뜸 짜증을 냈다.

"여보쇼? 사유지에 무슨 구경이 났다고 허락도 받지 않고 들어오는 거요? 빨리 나가쇼! 그리고 저 개 새끼도 당신들 거요?"

'이런! 손님도 계신데…….'

분통을 터뜨리는 사내의 심통에 눈살을 찌푸린 담용이 앞으로 나서면서 대거리를 해 댔다.

"이봐요, 이곳을 방문한 손님들에게 무슨 실례의 말이오?"

"손님? 무슨 손님? 허락도 받지 않고 마음대로 사유지에 들어온 사람도 손님이오? 사유지를 무단으로 출입한 도둑이지."

'헐! 이건 심사가 단단히 틀어진 현상인데…….'

아무래도 월급을 몇 개월씩 받지 못한 것이 원인인 것 같았다.

그렇다고 해도 이건 너무 무례한 행동이지 않은가?

"여보세요! 말을 좀 가려서 하시오. 우리가 사무실로 찾아갔을 때 아무도 없었소. 그리고 지금도 우리 직원이 당신들 중 아무라도 만나려고 두 시간째 기다리고 있는 중이오. 이게 잘못된 거란 말이오? 게다가 본사의 서 부장이 이곳 현장 담당자에게 전화를 해 놨다고 했소. 이런 판국인데 우리가 뭘 잘못했단 말이오?"

"그렇다면 사람이 올 때까지 기다려야지 제멋대로 돌아다니면 어떡해?"

"거…… 반말하지 맙시다. 당신이 나를 언제 봤다고 반말을 해? 엉!"

"아니! 이놈……."

"거기서 한마디만 더 해 봐! 그 이후는 나도 책임을 못 지니까."

"……!"

담용이 인상을 팍 써 대며 한 걸음 다가서자 주춤하는 사내다.

그리고 이왕 나선 바에야 잘못이 없는 이상 약세를 보이기가 싫었다.

"그리고 말이야. 당신들을 기다리느라 바쁜 사람들이 황금 같은 시간을 뺏겨서야 되겠어?"

"그거야 당신들 사정이지. 무슨 소리를 들었든 난 모르는 일이니 어서 나가!"

"뭐라?"

담용의 인상이 더 험악해졌다.

"저, 정 안내를 받고 싶으면 나가서 다시 절차를 밟으란 말이다!"

사내의 음성은 점점 맥없는 으름장이 되어 가고 있었다.

"됐어. 당신과 더 이상 얘기를 나누기 싫으니 그만두자고. 우리 스스로 답사하고 갈 테니까."

"뭐? 못 나가겠다고?"

"본사의 담당자가 허락했으니 굳이 당신에게 허락받을 이유가 없다는 말이다. 그러니 우린 상관하지 말고 당신은 당신 할 일이나 해. 간단하잖아?"

"아니, 이 자식이!"

"뭐? 방금 뭐라고 그랬어? 반말을 해도 참아 줬더니 욕까지 해 대? 너! 뒷감당할 수 있어!"

화가 난 담용이 다시 성큼성큼 다가서자, 사내가 뒤로 주춤주춤 물러서더니 돌연 고함을 질렀다.

"김 과장! 이 대리! 빨리 와 봐. 이놈이 사람을 친다—!"

"푸헐! 같잖아서……."

다가서다 만 담용이 어이가 없다는 듯한 표정을 짓고는 급수장에서 냅다 달려오는 두 사내를 쳐다보았다.

'아주 갈 데까지 갔구만.'

월급이 얼마나 밀렸는지는 모르지만 악만 남은 것 같은 모양새다.

차라리 조금 더 현명하게 처신해 줬으면 하는 바람이지만 이들의 사정을 모르는 이상 지나치게 몰아붙이는 것도 할 짓은 아니다.

이런 사람들과 드잡이해 봐야 서로 마음에 상처만 남을 뿐이다.

감정이 격앙된 사람들과 드잡이를 하기보다는 차라리 서류로 이야기하는 것이 빠를 것 같아 준비를 했다.

다름 아닌 쌍방이 공인한 전속 계약서다.

서류조차 인정하지 않으면 그땐 더 이상 사정을 봐줄 생각이 없는 담용이다.

왜냐?

본사를 비롯한 각 공장에는 더 많은 직원들이 SG목장이 처분되기를 손꼽아 기다리고 있으니까.

하기야 이들의 심정을 이해하지 못하는 것은 아니다. 구제금융 이후 자금 경색을 겪고 있는 회사라면 이들처럼 격앙된 감정을 가진 직원들이 들고일어나는 일이 드문 일도 아니었다.

어쨌거나 그사이 가까이 다가온 두 사내의 입에서 거친 말투가 튀어나왔다.

"당신들 뭐야? 누가 들어오라고 했어? 이 대리! 경찰에 신고해! 무단 침입자가 있으니 잡아가라고."

"예."

김 과장이라 불린 사내의 흥분된 말에 이 대리가 휴대폰으로 전화를 걸었다.

이에 동료들의 응원에 힘입은 예의 사내가 더 방방 뛰면서 거친 욕설을 내뱉었다.

"뭐야? 새끼들아! 뭐? 무단으로 침입한 도둑놈들이 사람을 쳐!"

"어이! 다 좋은데 이거나 보고 무단 침입이니 뭐니 하는 게 어때?"

휙.

대꾸할 필요도 없다는 듯 전속 계약 서류를 던져 준 담용
이 예의 사내를 쏘아보며 말을 이었다.

"그리고 당신. 우리가 어디를 봐서 도둑인 것 같나?"

외국인이 세 사람에다 내국인 남여 둘.

게다가 담용은 고객을 맞는 세일즈맨 차림인 정장에다 서
류 가방까지 든 복장이다.

경찰이 온다고 해도 트집 잡을 것이 없다. 굳이 따진다면
담용 쪽이 오히려 더 많았다.

"나도 빨리 경찰이 왔으면 좋겠군. 명예훼손으로 고소할
수 있게 말이야. 그리고 계약서를 봤다면 우리가 당신들 허
락을 받지 않고도 현장을 답사할 자격이 있음을 알 테니 600
억짜리 업무 방해도 추가되겠군."

그냥 읊조리듯 말하는 어조였으나 힘이 있는 목소리라 세
사내의 귀에 또렷하게 들렸다.

600억 소리를 들어서인지 안색이 핼쑥해졌고, 이 대리라
는 사내는 휴대폰을 슬며시 내렸다.

'흥! 한 번만 더 방해를 하면 더 이상 참지 않겠다.'

내심 단단히 다짐을 한 담용이 설리번에게 말했다.

"Mr. Sullivan, We go on field survey."

"Is it all right?"

답사를 계속하자는 담용의 말에 눈을 동그랗게 뜬 설리번
이 마뜩지 않았던지 난색을 표했다.

"Don't worry. You can trust me."

"Of course. I believe you."

"Follow me, please."

담용이 당당하게 앞서 나가자, 조금은 우려스러운 표정을 짓던 미쳴과 민혜영이 빠른 걸음으로 따랐고, 매튜는 세 사내에게 허세를 부리면서도 발은 재게 놀렸다.

그들이 지나가는 것을 본 예의 사내가 김 과장에게 근심 어린 표정으로 입을 열었다.

"어쩌지? 말을 안 듣는데?"

"그러게요. 그동안 답사야 수도 없이 왔었지만 그때마다 다 내쫓겼는데 이번은 좀 다르네요."

"외국인이 온 것도 처음이잖아?"

"그래서 더 불안합니다. 전 전속 계약서도 처음 봅니다."

"이거…… 정말 계약해 버리는 것 아냐?"

"그렇게 되면 정 회장님에게 우린 맞아 죽을 겁니다. 지금까지 받아먹은 게 얼만데……."

"아, 씨발. 대체 여기 뭘 주워 먹을 게 있다고 와! 그것도 외국인이 말이야."

"박 차장님. 지금이라도 막죠."

"이 대리, 나도 그러고 싶은데 업무 방해라잖아?"

"여태껏 그렇게 해 왔는데 새삼스럽게 왜 이래요?"

"그 사람들은 회사에서 인정한 서류가 없었으니까 막을 명

분이라도 있었지만 이 사람들은 달라."

"맞아. 공식적으로 인정된 서류가 있으면 방해하기가 곤란해. 잘못하면 몽땅 덮어쓸 수가 있다고."

"그럼, 정 회장님은 어떡하고요? 우리가 받아먹은 건요? 난 토해 낼 돈도 없단 말이에요."

"인마, 그건 우리도 매한가지야."

"나는 다를 줄 알아? 난 두 사람보다 더 급하다고. 난 정 회장님이 매입하게 됐을 때 받게 될 수고비가 반드시 필요한 사람이라고! 그거 없으면 죽는다고!"

"으음. 차장님, 그렇게 흥분할 게 아니라 일단 정 회장님께 알리죠. 발이 넓으니 무슨 수라도 쓰지 않을까요?"

"제기랄. 그것도 쉬운 게 아냐. 외국인들이라서 문제가 되면 우리도 자유로울 수가 없다고. 척 봐도 미국 애들 같잖아? 그놈들이 어떤 놈들인데……."

"그거야 알아서 잘 해결하길 바라야지요."

"젠장. 다 돼 가는데……."

"화의 기간이 한 달 조금 더 남았어요."

"니미럴. 지지리 복도 없지."

"아직 계약이 된 것도 아니지 않습니까? 그러니 실망하기에는 이르지요. 빨리 연락이나 해 드려요. 혹시 압니까? 그걸로 우리 책임은 다하게 될지."

"꿈 깨라. 사채놀이를 하는 양반이라 단돈 1원도 손해 안 보는 사람이다."

　"맞아. 거머리파 애들을 동원해서 다 긁어낼 사람이지."

　"후우! 그럼…… 계약이 안 되길 빌어야겠네요."

　"그 수밖에는…… 없지. 휴우우, 내가 어쩌다가……."

너, 내 동생해라

광화문 도해합명회사.

콰당!

"야마시타! 대체 무슨 일이 일어난 거야!"

자신의 집무실 출입문을 거칠게 열고 들어와 고함을 지르는 혼토 우에하라의 안색이 시꺼멓게 죽어 있었다.

혼토는 조금 전까지 여당의 중진, 즉 한일의원연맹의 간사를 맡고 있는 갈성규 의원과 조찬을 하고 있던 도중 회사의 내정담당인 야마시타의 연락을 받고 똥줄이 타 달려왔다.

혼토로서는 일신의 사활이 걸린 문제여서 만약 사토 요시오와의 연락 두절이 실제라면 당장 기절하고 싶을 정도로 충격적인 사건이 터져 버린 격이다.

"전화로 말씀드린 그대롭니다."

"그러니까 그게 무슨 소리냐고 묻잖아? 말이 되는 소리를 해야 내가 믿을 것 아니냐고!"

"그게……."

"그래, 다 좋다 이거야. 사토가 아직도 도착을…… 아, 아니지. 연락조차 안 된다는 말을 어느 놈이 씨부린 거야?"

덜덜덜덜.

결코 믿고 싶지 않았던 말이었음인지 전신에 경련을 일으키는 혼토는 입술까지 파르르 떨었다.

"오야붕, 이전의 전력도 있고 해서 여수에 도착하면서부터 제가 직접 챙겨 오고 있는 일입니다."

"빌어먹을……."

그걸 모르고 있을 리가 없지 않은가?

하지만 절대로 믿고 싶지 않은 소식이라 확인하기가 두려웠다.

"화, 확실한 것이냐?"

"아직 100% 확실하다고 말씀드릴 수는 없습니다만, 무려 네 시간이 지나도록 연락이 두절되고 있다는 것은 의심해 볼 여지가 많습니다. 그래서 미리 조치는 취해 놔야 할 것 같아서……."

"그래, 다 알아들었다. 조치는?"

"예, 우선 야나기로 하여금 부하들을 데리고 급히 여수로 내려가게 했습니다."

"잘했어."

이제 정신을 차려야 한다. 만약 일이 벌어졌다면 어떤 수단을 써서라도 범인을 잡아야만 한다.

이건 수습을 한다고 해서 해결될 일이 아님을 혼토 자신이 더 잘 알고 있었다.

하지만 워낙 엄청난 일이 벌어진 터라 쉽게 진정이 되지 않아 경련은 더 심해지고 있었다.

바들바들 바들바들.

고로 입에서 튀어나오는 건 '버럭' 하고 내지르는 고함이다.

"마, 마에다!"

덜컥,

"옛, 오야붕!"

"간부들 전부 집합시켜! 비상이다!"

"하이!"

"야마시타, 어, 언제부터 연락이 끊어졌다고?"

"당직을 맡았던 야나기의 말에 의하면 사토 요시오 님과 오늘 새벽 네 시에 연락한 것이 마지막이었다고 합니다."

"새벽 네 시?"

"예. 이후부터 한 시간 간격으로 연락을 취하기로 했는데, 다섯 시부터 연락이 되질 않았다고 합니다."

"그런데 보고를 이제 해!"

"오늘 갈성규 의원과의 조찬 만남도 중요한 일이라 조금 더 통화를 시도해 보고 연락을 하려고 했습니다. 그래서 혹시 하는 마음이 있어서 오야붕의 허락도 받지 않고 조치를 했습니다. 죄송합니다."

"큼!"

'그래, 침착하자. 침착하자. 이건 흥분해서 해결될 일이 아니다. 후우욱! 후욱! 후우—!'

심적으로 전해진 충격이 어마어마했던지 주체할 수 없을 정도로 떨어 대던 혼토가 수차례 심호흡을 하면서 스스로를 진정시키느라 애를 썼다.

그렇게 잠시 지나자 조금 안정이 된 혼토가 입을 열었다.

"다섯 시부터 연락이 되지 않았다면 네 시에는 연락이 됐다는 얘기군."

"네 시 정각에 출발하겠다는 말을 끝으로 연락이 두절됐다고 했습니다."

"사토가 당할 리 없다."

비록 여자라지만 맞붙으면 혼토 자신도 승부를 짐작할 수 없을 정도로 검술과 권격에 뛰어난 사토 요시오였다.

그것도 혼자 몸이 아니라 쟁쟁한 부하들과 함께하고 있지 않은가?

도무지 믿기지가 않았다.

"저도 그렇게 생각합니다만 지금쯤이면 도착해야 함에도 도착은커녕 연락조차 안 되고 있는 상황입니다. 설사 사토 요시오 님은 그렇다고 하더라도 지원을 간 니시무라와 코친들까지 연락이 안 된다는 건 말이 안 됩니다."

"불길한 징조라는 건가?"

"예."

"니시무라와 연락한 건 언제가 마지막이었지?"

"새벽 세 시 오십 분이었다고 했습니다. 그리고는 컨테이너 안으로 들어가면 연락이 안 될 테니 서울에서 보자고 했답니다."

"니시무라 스스로 그 갑갑한 곳엘 들어갔다고?"

"예, 이전의 실수를 만회하기 위해 자신이 직접 물건을 지킬 것이라면서……."

"쿵, 사토 요시오, 니시무라, 곤도, 겐이치, 마사오 모두 연락이 안 된다? 이게 말이 된다고 생각해? 그 다섯 사람의 전력이면 웬만한 구미[組] 하나 정도는 그냥 사라지게 할 수 있다는 걸 몰라?"

"아, 압니다. 그래서 지금 저도 머리가 혼란스럽습니다."

"으으음, 추적기는?"

"야나기와 부하들 모두 하나씩 지니고 여수로 향하는 도로란 도로는 다 뒤지며 내려가고 있을 겁니다. 아마 고속도로로 간 부하들은 지금쯤 거의 도착했을 수도 있습니다."

"당장 전화해 봐!"

"옛!"

잠시 후, 야나기와 연결을 한 마쓰다가 전화기를 건넸다.

"야나기, 어디냐?"

―하! 오야붕, 조금 전에 도착해서 나가이 사장과 얘기를 나누고 있던 중입니다.

나가이는 MS코일의 사장이었다.

"그래, 뭐라고 해?"

―사토 님이 일절 관여하지 못하게 해서 아무것도 아는 게 없다고 합니다. 또 직원들이 출근해 보니 수위 두 명이 꽁꽁 묶여 있더랍니다. 너무 급작스러운 습격이어서 대항도 못 해 보고 당했답니다. 그리고 복면을 해서 누가 누군지 알 수가 없었다고 했습니다. 그냥 시커먼 괴한이라고만…….

"혼자였다고?"

―아닙니다. 수위의 말이 창고 쪽에서 싸우는 소리와 비명이 들려오고 많이 소란스러웠다고 합니다. 그래서 다수에 의한 습격일 것이라는 생각입니다.

"추적기는 어떻게 됐어?"

―제 경우는 도착할 때까지 추적기에 잡히는 신호가 전혀 없었습니다. 공장에 도착해서도 현장을 샅샅이 뒤져 봤지만, 단서 하나 잡지 못하고 있습니다."

"경찰에 신고한 것은 아니겠지?"

−나가이 사장이 그 정도 눈치는 있어서 직원들을 함구시키면서 쉬쉬하며 넘어가고 있습니다.

"끄응, 신항파 놈들은 뭐라고 하더냐?"

−그게…… 일단 연락을 해 본 결과로는 불곰과 직계 부하들이 모두 한날한시에 병신이 되어 병원에 입원해 있다고 합니다.

"뭐? 아니 왜?"

−물어보니 그렇게 당한 시기가 물건을 도난당한 시각과 거의 일치합니다. 그래서 관여했다고 보기엔 문제가 있습니다.

"쇼일 수도 있다."

−그건 아닌 것 같습니다. 불곰은 척추를 다쳐 반신불수가 됐고 나머지 부하들도 사지 중 하나를 쓰지 못할 정도로 중상입니다.

"허어! 하면 간부들 중에 남은 자가 없단 말이냐?"

−부두목인 김구만과 그 부하들만 멀쩡하다는 말에 만나서 사정을 들어 보려고 합니다.

"그놈을 족쳐도 별로 건질 게 없을 것이라고 본다. 도난과 관련이 됐다면 잠적해 버리지 자리를 지키고 있지는 않을 테니까. 무엇보다 신항파가 할 수 있는 일도 아니고 그럴 깜냥도 없어. 그래도 얘기는 들어 봐."

−옛, 오야붕!

"야나기, 잘 들어."

—하이!"

"그 물건을 찾지 못하면 한국에서의 사업을 접어야 할지 모를 정도로 타격이 크다."

—헉! 그 정도입니까?

"그래. 비밀로 했지만 컨테이너에는 금괴와 채권, 현찰 그리고…… 다량의 아이스까지 있다."

—헉! 마, 마야쿠(마약)…….

"말을 아껴라."

—핫! 죄, 죄송합니다.

"그만큼 일이 중하다는 뜻이다. 어떤 놈인지 짚이는 게 있지만, 여태껏 잡지도 못했고 정체라고는 독사파의 두목이란 것과 놈의 이름밖에는 밝혀진 게 없다.

—그건 아, 압니다.

"그래, 잠적해 버렸지만…… 어쨌든 놈을 찾을 때까지 기다릴 시간이 없다는 것이 중요하다. 아니, 그 전에 자칫 여기 사업을 접어야 할지도 모른단 말이다."

—아, 알겠습니다, 오야붕. 최선을 다하겠습니다.

"그래, 수고해 줘. 지원이 필요하면 언제든지 얘기하고."

—하이!

철컥.

전화기를 내려놓은 혼토에게 실내로 들어와 있던 마에다

가 말했다.

"오야붕, 모두 집합했습니다."

"하세가와는?"

혼토가 하세가와를 찾는 것은 그래도 독사라는 꼬리를 잡
았던 적이 있는 데다 한국의 권력자들과 교분도 두터웠고 또
제반 사정에 밝기 때문이었다.

"방금 도착했습니다."

"알았다. 마쓰다, 가자."

"옛!"

광화문에서 사채업을 하고 있는 정복남은 동종업계의 천
호성과 얘기를 나누고 있던 중 영암에서 걸려온 전화를 받
았다.

천호성은 이제는 부상으로 은퇴한 김덕기와 유상곤이 예
전 다케다가 도둑맞은 채권의 행방을 물어보러 방문했던 사
채업자였다.

-정 회장님, 저 박 차장입니다.

"그래, 박 차장 자네가 웬일인가?"

-저…… 알려 드려야 할 일인 것 같아서 전화를 드렸습니
다.

"뭔데? 말해 봐."

―지금 목장에 KRA라는 회사에서 와서 현장 답사를 하고 있습니다.

"허어, 현장 답사가 어제오늘 일인가? 어중이떠중이들이 죄다 왔다 가는 게 예사인데 뭘 그리 호들갑인가? 당장 내쫓아 버려!"

―그게 쉽지가 않습니다.

"왜?"

―여태까지 해 온 것과는 달리 이번에는 전속 계약서까지 가지고 와서 방해하면 업무 방해로 고소를 하겠답니다.

"뭐라? 고소?"

―예, 젊은 놈이 만만치 않습니다. 그리고 외국인 세 사람도 상당한 관심을 가지고 답사를 하고 있는 것 같아서 불안합니다.

"그래서 하고 싶은 말이 뭐야?"

―당장이라도 계약을 할 것 같은 분위기 같아서 뭔가 수를 써야 하지 않을까 해서요.

"쯧, 귀찮게 구는군. 그놈들이 언제 왔어?"

―오늘 오전에 왔습니다.

"그렇다면 적어도 내일까지는 답사를 한다고 봐야겠군."

―예, 하루로는 어렵지요.

"그러려면 숙박을 해야 할 테지."

─아마도요.

"조 부장에게 일러 놓을 테니 숙박하는 곳이 어딘지 알아서 연락해 줘."

─알겠습니다.

딸깍.

"에잉, 거저먹기가 쉽지 않네그려."

"뭔데 그러나?"

"내가 일전에 천 회장에게 얘기했던 영암목장일세."

"아아, 정 회장 자네가 50억을 융통해 준 SG모드 소유 말이지?"

"그러네."

"그게 왜?"

"화의신청 중인데 기간이 한 달 조금 더 남았지 아마?"

"호오! 거저먹을 날이 얼마 안 남았군그래."

"이 친구야, 50억을 빌려 줬는데 거저일 리가 없잖은가?"

"푸헐! 바닥까지 후려쳐도 200억짜리일세. 그러니 50억이면 거저지 뭘 그러나?"

천호성이 정복남을 한번 째려보고는 말을 이었다.

"그런데 뭐가 문젠가?"

"지금 목장 관리인에게서 연락이 왔는데, 이번엔 제대로 답사하는 사람들이 왔다는구먼."

"쳇! 난 또 뭐라고? 자네 말대로 그런 일이 어디 한두 번 있었나? 그리고 말은 바로 해야지. 우리나라 부동산 업자들 치고 제대로 일을 하는 사람이 있기나 한가? 일은 제대로 하지도 못하면서 전부 떨어지지도 않을 콩고물에만 정신이 팔려 있는 작자들인데 뭘 걱정하나?"

"나도 알아. 하지만 이번엔 좀 다른가 봐. 외국인들이 와서 보고 있다고 하니 말일세."

"허허허, 그놈들도 꽤나 할 일이 없나 보군그래. 이봐. 지금 호텔에 진을 치고 있는 작자들이 죄다 코쟁이들일세. 자네도 그놈들이 무슨 짓거리를 하려고 호텔에 머물고 있는지 잘 알지 않나?"

"그야…… 외국 금융회사에서 나온 에이전트라며 멍청한 애들을 벗겨 먹고 있는 작자들이지."

"바로 그거야. 자칭 펀드 코디네이터라고 하는 놈들이지. 뭐? 투자 프로젝트에 대한 컨셉을 짜는 데 5,000만 원? 빌어먹을 종자들 같으니."

"그래도 그걸 믿고 맡기는 미친놈들이 있으니 장사가 되지."

"하기야 호텔에 머무는 돈이 모두 거기서 조달되긴 하지. 아무튼! 외국 놈들이 왔다면 더 믿을 것이 못 되니 안심하게나."

"흠, 듣고 보니 그렇기도 하군."

천호성의 말에 고개를 주억거리던 정복남이 인터폰을 눌

렸다.

　-네, 회장님.

　"오 실장을 오라고 해."

　-네.

　잠시 후 '벌컥' 하고 출입문이 다소 거칠게 열리면서 호리호리한 사내가 들어섰다.

　"회장님, 무슨 일입니까?"

　'저놈 저거…… 처조카만 아니면 쫓아내 버리는 건데…….'

　손님도 와 있는데 버릇없이 출입문을 거칠게 연 것이 못마땅한 것이다.

　"쿵!"

　콧김을 쏴 대는 것으로 불만을 내비친 정복남이 시큰둥한 어투로 말했다.

　"영암 일이야."

　"어? 목장에 무슨 일이 있습니까?"

　"그래, 거기 가 있는 조 부장에게 연락해서 박 차장에게 가 보라고 해."

　"가서 어쩌라고요."

　"어쩌긴, 답사하러 온 놈들을 쫓아 버려야지."

　"아! 저번처럼 말이죠?"

　"그래, 빨리 연락해 줘!"

"넵!"

월출산 인근의 온천 관광호텔.

저녁 식사를 한 후 티타임으로 하루의 고단함을 마무리하고 있는 담용과 일행들은 편안한 마음으로 가볍게 환담을 나누고 있는 중이었다.

환담이라고는 하지만 업무의 연장선이었다. 단지 부담을 털어 낸 가벼운 안건이라는 것 정도?

역시나 이번 업무에 대해서는 '갑'의 입장인 설리번의 의견이 많기 마련이라 그가 대화를 주도하는 편이었다.

"……해서 말인데 연구동도 있어야 하지 않을까 싶네. 그래서 그것 역시 미스터 육이 애를 좀 써 줬으면 하네."

"미스터 설리번, 의뢰를 해 주시는 것은 감사한 일이지만, 목장이 선택되지도 않은 상황에서 연구동을 구하려는 것은 너무 이른 감이 있는 것 같습니다."

"후후후, 무슨 말인지 이해하네."

설리번이 슬며시 웃더니 미첼을 일별하고는 말을 이었다.

"사업의 성격상 공장 건축과 연구동 건설이 병행되어야 하기 때문이네. 특히 코리안은 락토스 인토러런스(lactose intolerance-유당불내증) 환자들이 많아 연구를 병행해야 할 필요가 있다네."

"그런 건 이미 많은 자료가 백업되어 있을 텐데요?"

"물론이지. 하지만 동양과 서양 그리고 각 부족 혹은 민족들마다 유전인자가 조금씩 차이가 있다 보니 사업에 성공하려면 세밀한 실험적 연구가 필요하다네. 목장의 제반 시설이 완공될 때까지 락토스 인토러런스 환자들을 상대로 실험을 해서 떠먹거나 마셔도 거부감이 전혀 없는 유제품을 개발해야만 한다는 말일세. 또 거기에 사업의 성패가 달렸으니 어쩌겠는가?"

"아, 무슨 말씀인지 알겠습니다. 하면 연구실이 있을 위치와 규모를 대충 알려 주시지요."

"연구실은 수도권에 위치했으면 좋겠네."

"어? 여기가 아니고요?"

"그러네. 요즘 연구원들은 워낙 자유분방해서 귀양살이하는 것을 무척 싫어한다네."

"하하하, 귀양살이요?"

"자네도 알다시피 목장 주변에 뭐가 있는가?"

"아무것도 없지요."

"바로 그걸세. 머나먼 코리아까지 와서 귀양살이를 할 이유가 없지. 또 한 가지는 연구원들 간의 활발한 교류 때문이라네."

"아아, 그건 무슨 뜻인지 알겠습니다."

"그럴 걸세. 뭐, 그 외에도 많지만 그 두 가지 이유만으로도 무조건 수도권에 연구동이 있어야 하네."

"하면 꼭 건축을 해야 할 필요는 없겠지요?"

"그야 입맛에 맞는 적당한 건물이 있다면 더 좋겠지. 조금만 손보면 될 테니까."

"좋습니다. 근데 그냥 수도권이라고 하면 너무 막연하니 구체적인 거리를 말씀해 주십시오."

"서울 경계에서 차량으로 30분 이내였으면 좋겠네."

"흠, 알겠습니다."

'후후후, 역시 이럴 줄 알았지.'

설리번과 열심히 문답을 하기는 했지만 기억 저편에서의 경험으로 보아 이미 그럴 것이라 짐작하고 있었던 담용은 내심으로 회심의 미소를 지었다.

물론 당시는 SG목장을 매입하지 못한 관계로 연수원도 끝까지 매조지가 되지 못했었지만 지금은 달랐다.

"한 과장님, 수동면에 있는 연수원 자료를 좀 주시겠어요?"

"예? 수동면이라면…… 아, 워크숍을 갔던 연수원요?"

"예, 가지고 있지요?"

"그야 가지고 오라고 해서……."

한지원이 서류 가방을 뒤지면서 속으로 뇌까렸다.

'아아, 이걸 연구동으로…….'

한지원은 그제야 담용이 일송제지의 연수원을 준비한 까닭을 알았다.

처음에는 SG목장 건과는 전혀 연관성을 찾을 수 없는 연수원 자료를 가지고 오라고 하기에 무슨 일인가 했었다.

그런데 설리번이 뭐라고 말한 끝에 연수원 자료를 내놓으라고 하지 않는가?

아마도 실험 같은 것을 할 연구동일 것이다.

'하여튼 대단하다니까. 어떻게 이럴 줄 알고 준비를 시킨 거지?'

"여기 있습니다."

워크숍까지 가서 열심히 가치 평가를 했던 수동면의 연수원은 이미 영문 자료로 번역이 되어 잘 제본된 상태로 제안서가 되어 있었다.

담용이 한지원에게서 받은 자료를 설리번에게 건넸다.

"미스터 설리번, 이 자료라면 아마 연구동으로 합당하리라 여겨집니다. 물론 용도에 맞게 약간의 구조 변경이 필요할 것입니다."

"엉? 자료가 있었나?"

"운 좋게 가지고 있었네요. 현장에 가서 완벽하게 파악한 물건인 만큼 밸류에이션도 거의 정확할 겁니다."

"1998년 준공?"

"예, 2년 정도 된 건물이지만 아시다시피 여건이 어려운 시기라 소유한 회사도 아직 사용해 보지 못한 건물이지요."

"Oh! Good! very good! looks great!"

"I'm very pleased you like it."

건물 사진을 들여다보던 설리번이 대단히 만족했는지 연방 감탄을 터뜨리자 담용도 추임새를 넣듯 기분을 맞춰 주었다.

사실 꽤나 잘 지은 건물임이 틀림없으니 자신 있게 추천할 만했다.

"미스터 육, 내일 일정이 끝나는 대로 이 건물을 답사해 봐도 되겠나?"

"물론입니다. 하지만 소유 회사에 허락을 득해야 하니 모레쯤 일정을 잡도록 하지요."

"역시 미스터 육은 시원시원해서 좋군."

"미첼, 전 피곤해서 들어가야겠어예. 말씀들 나누시고 오이소."

"아! 마침 나도 들어가려던 참이오."

"어? 그러고 보니 언제 이렇게 컴컴해졌지? 삼촌, 저도 들어갈래요."

민혜영에 이어 미첼과 매튜가 분분히 자리에서 일어섰다.

하기야 그 넓은 곳을 하루 종일 돌아다녔으니 피곤하기도 할 것이다.

호텔 벽에 걸린 시계가 오후 아홉 시를 넘기고 있었다.

"자, 나도 이만 들어가 봐야겠군."

"그러십시오. 마침 온천이 나온다고 하니 피곤이 한결 빨리 가실 겁니다."

"하하핫, 코리아의 온천이라…… 푹 담가 보도록 하지. 미스터 육도 푹 쉬게나."

"예, 편안한 밤이 되시길 바랍니다."

컹컹컹. 커엉. 컹.

미첼 일행과 한지원까지 숙소로 들여보낸 담용이 자신의 차로 돌아오자 얌전히 앉아서 기다리고 있던 동구와 순성이 펄쩍펄쩍 뛰며 달려들었다.

"하하핫. 이놈들, 배고프겠다. 이제 너희들이 먹을 사료를 사러 가야겠구나."

아닌 게 아니라 하루 종일 쫄쫄 굶은 녀석들이라 뱃가죽이 지나치게 홀쭉했다.

그렇다고 사람이 먹는 걸 개에게 먹일 수는 없다. 그렇게 되면 개의 수명이 줄어드는 것은 상식이다. 개한테는 개의 체질에 맞도록 특화된 먹이를 먹이는 것이 가장 이상적이다.

"굶겨서 미안하니까 오늘은 특별히 간식도 사 주마. 어서 타!"

컹. 컹. 컹.

차 문을 열어 주자 잽싸게 올라타는 동구와 순성이다.

그때였다.

부다당. 부다다당!

귀를 시끄럽게 하는 바이크의 소음이 요란하게 들리더니 '끼익!' '끽!' 브레이크음을 터트리면서 호텔 앞뜰에 멈춰섰다.

'쯧, 시끄러운 녀석들이군.'

바이크 동호회라도 되는지 여름임에도 전부 가죽으로 도배를 한 모습이다.

거기에 또 쇠구슬 같은 것을 촘촘하게도 박아 놓은 패션이다.

인원은 모두 다섯 명.

어째 껄렁껄렁한 폼이 꼭 양아치들 같아 보인다.

이어서 담용의 짐작에 답하듯 때마침 들려오는 걸쭉한 목소리.

"똥팔, 남자 다섯에 여자 하나다."

'푸훗! 똥팔? 똥파리?'

담용은 별명을 듣고서야 놈들이 단순한 바이크 동호회가 아니라 양아치들이라는 것을 알았다.

"아따 불닭발 성님도 참. 아! 간단하게 외국인이라고 말하면 될 걸 가지고 복잡하게시리."

'엉? 외국인이라고?'

불닭발이 한 말은 흘려들었지만 똥파리의 그 한마디에 잠시 방만해져 있던 담용의 신경이 곤두섰다.

객실을 정할 때부터 방이라곤 불과 열몇 개밖에 안 되는 조그만 호텔이다. 당연히 외국인이라면 미첼 일행밖에 지칭될 사람이 없었다.

'뭐야? 저놈들.'

텅─!

차에 올라타려다가 차 문을 닫은 담용이 온몸을 건들대며 출입구로 향하는 사내를 불렀다.

"어이! 거기 똥파리!"

우뚝!

낯선 목소리가 제 별명을 부르자마자 멈추는 것을 보면 말도 잘 듣는다.

휘익.

똥파리가 재빨리 돌아서고 양아치들의 험악한 기세가 담용을 금방이라도 잡아먹을 듯했다.

제 먹이를 누가 먼저 채 갈까 봐 잰걸음으로 다가온 똥팔이가 눈을 희번덕거리더니 걸게도 끌어 올린 침을 '탁!' 뱉었다.

카악! 퉤엣!

"야야. 너, 나 알어?"

"알지. 똥파리잖아?"

"뭐시여? 아니, 이 시발 넘이!"

코앞에서 언제 봤다고 대놓고 똥파리란다.

자연 늘 듣는 별명이라도 생판 낯선 놈이 그렇게 부르니 기분이 무지하게 나빠지면서 분노의 아드레날린이 치솟아 올랐다.

고로 말보다 주먹이 앞서면서 대뜸 주먹부터 날려 왔다.

하지만 어느새 담용의 주먹이 쭉 뻗으면서 턱주가리를 갈겼는지 '뻑!' 하는 타격음이 나면서 눈에서 불똥이 튀었다.

뒤를 이어 '아아아' 하는, 신음도 제대로 나오지 않는 소리를 짜내더니 이내 '철퍼덕!' 하고 자빠졌다.

'뭐야? 헛밥만 처먹었나? 왜 이리 약해?'

"어? 또, 똥팔아!"

"아니, 저 씨불 넘이!"

철거럭. 좌르르르.

동료가 단 한 방에 나가떨어지자 양아치들이 자동적으로 자신들의 애마에 신줏단지 모시듯 달고 다니던 연장을 꺼내 들었다.

그런데 제각기 모양은 달랐지만 하나같이 체인으로 된 무기다. 그것도 숙달이 되도록 훈련이 되어 있지 않다면 휘두르기도 어려울 정도로 긴 채찍 같다.

'에구, 조잡한 놈들.'

저게 언제 적 무기야?

하지만 촌스러운 무기라도 맞으면 아프고 상처가 나기 마련이다.

기다려 줄 필요가 있을까 하는 생각이 드는 순간, 담용의 다리에 힘이 실렸다.

타다다닥.

담용의 번개 같은 내달음에 앞서 오던 불닭발이란 별명의 사내가 가장 먼저 장애물이 됐다.

이놈만은 체인을 들지 않은 적수공권이다.

'그래, 사내라면 그래야지.'

제법 훤칠한 것이 균형이 잡힌 몸매의 사내다. 그렇다고 해도 지금은 거추장스러운 장애물일 뿐이다.

장애물은 뛰어넘거나 치워야 하는 물건일 뿐.

그런데 장애물도 그냥은 당하지 않겠다는 듯 오히려 먼저 치고 들어왔다. 그것도 기분 나쁘게 발차기다.

슈욱! 팡-!

의외다 싶을 정도로 박력 있는 파공음에다 딱 끊어 치는 동작이 놀랍다.

더욱이 순간적으로 밀린 공기가 터지는 소음이 바로 머리맡에서 들려와 하마터면 창피를 당할 뻔했다.

가공할 속도로 풍압을 생성할 정도의 고수라니!

'엉?'

한낱 양아치가 시도하기에는 너무나 빠른 고난도의 옆차기다. 그것도 유연하기 짝이 없는 데다 풍압에서 느꼈듯이 위력 또한 섬뜩할 정도다.

　만약 맞았다면 기절 아니면 한참 동안 정신이 오락가락할 위력이었다.

　이런 실력자가 왜 양아치들과 함께 행동하고 있는지 의문이 아닐 수 없다.

　'당최······.'

　쉽게 상대하려던 담용은 마음을 달리하는 즉시 재빨리 회수되는 정강이를 향해 번개같이 주먹을 내질렀다.

　하지만 상대의 실력이 아까워 손에 약간의 사정을 둔 가격이었다.

　그런데 너무 만만하게 봤던 걸까, 가격한 발이 생각보다 빠르게 회수된다 싶더니 회수된 발로 진각을 밟는 즉시 돌연 점프를 하는 것이 아닌가?

　'헛!'

　내심으로 가벼운 헛바람을 불어 낸 담용의 눈에 불닭발의 허리가 비틀어지는 낌새가 느껴졌다.

　'젠장, 돌려차기로군.'

　정말이라면 엄청난 순발력이 아닐 수 없다.

　아니나 다를까, 담용이 다시 한 번 자세를 낮출 때 '쐐액!' 하는 파공성과 더불어 풍압을 이기지 못한 머리카락이 춤을 추는 느낌이 전해졌다.

그런데 담용이 반격을 시도하기도 전에 불닭발이 먼저 사정권을 훌쩍 벗어나 버렸다.

컹! 컹! 컹!

주인이 위기에 처한 것을 아는지 동구와 순성이 미친 듯이 짖어 대며 발광을 해 댔다.

하지만 갇혀 있으니 마음만 안타까울 뿐 도리가 없다.

'에구, 저놈들도 내가 걱정되는 모양이군.'

어쨌거나 뜻밖에도 이런 촌구석에서 발차기의 고수를 만나다니 의외가 아닐 수 없다.

조금은 놀랐는지 불닭발도 담용을 쳐다보는 눈빛이 예사롭지가 않았다.

불닭발이 물러나자 이번에는 세 명의 사내가 체인을 휘두르며 무지막지하게 공격을 해 왔다.

"이 새끼! 죽어 버려!"

"뒈져! 새까!"

'쯧. 더 이상은 못 봐주겠군.'

차크라를 끌어 올린 담용의 신형이 고무줄처럼 쭈욱 늘어나면서 체인이 난무하는 한가운데로 돌진해 갔다.

챠라락. 챠라라라락.

쭉 뻗은 양팔에 체인이 감기자마자 상단막기 자세를 취해 남은 하나의 체인을 마저 막았다.

철커럭. 철컥!

체인이 부딪치는 찰나 그마저 휘감고는 몸을 한 바퀴 휘돌리는 즉시 확 잡아챘다.

"악!"

"어어어!"

자신들의 손목에 체인이 감겨 있는 터라 담용의 폭발적인 힘을 이기지 못하고 딸려 오는 사내들의 얼굴로 담용의 전광석화와도 같은 발이 날았다.

퍼퍼퍽!

"컥!"

"억"

새된 비명과 동시에 세 사내가 얼굴을 감싸 쥐며 바닥에 널브러졌다.

그야말로 눈을 몇 번 깜빡깜빡하는 사이에 벌어졌다가 끝나 버린 일이었다.

그렇게 잠시의 소란이 호텔 관계자들을 불러 모았는지 출입문 쪽이 시끌시끌해지기 시작했다.

'젠장, 빨리 끝내야 되겠군.'

"어이! 실력이 제법이던데 다시 한 번 붙어 보자."

절레절레.

"졌소."

"뭐?"

"졌단 말이오."

"……!"

"가겠소."

'어라라?'

천성인지 말이 참 간결하다.

거기에 상대의 역량을 가늠하는 눈치도 빠르다.

'헐!'

어쨌거나 상대가 싸움을 회피하고 나오니 맥이 빠져 더 시비를 걸 마음이 사라진 담용이 물었다.

"이름이 뭐냐?"

"그건 왜 묻소?"

"너…… 내 동생 해라."

"……!"

방금까지도 서로 죽일 듯이 드잡이를 해 대던 상대가 뜬금없이 '동생' 운운하는 것이 이상했던지 불닭발이 눈을 동그랗게 변했다.

"그렇게 이상한 눈으로 쳐다볼 것 없다. 무슨 사정인지는 모르지만, 네 녀석은 저런 양아치들과 어울릴 놈이 아닌 것 같아서 그래."

"누구……십니까?"

말투가 조금 나아졌다.

"내 동생이 되면 자연히 알 수 있는 일이니 대답부터 해라."

"시간을…… 그리고 쟤들……."

그렇게 말도 맺지 않고 바이크 쪽을 힐끔거린다.

굳이 해석하자면 자기에게 시간을 달라. 그리고 쓰러진 양 아치 세 명을 데려가겠다는 뜻을 표한 것이다.

"너 원래 말투가 그러냐?"

"좀…… 그래요."

"좋아, 그렇게 해. 대신 동물병원이 어딘지 좀 가르쳐 주라."

"따라오세요."

동물병원은 전혀 엉뚱한 얘기임에도 천성이 그런지 의문을 갖지 않았다.

"이 시간에 아직 영업하는 데가 있겠냐?"

"걱정 마세요."

해결사답게 문이 닫혔을 때는 우격다짐이라도 하겠다는 뜻이다.

"알았다."

담용이 자신의 차로 갈 때 불닭발의 화난 목소리가 들려왔다.

"엄살 부릴래?"

그리고 이어지는 구타.

퍽. 퍽. 퍽.

'얼라? 그래도 성질은 있는 모양이네.'

친구, 김도원

파락. 파라락.

'칠월은 특별한 스케줄도 그렇고…… 달리 일이 없는 것 같네.'

손가락 끝으로 바인더북을 넘겨 가던 담용은 7월 10일까지는 내용상 별로 특이한 사항 없이 대체적으로 무난한 나날이 지속됐음을 알았다.

'일이 없었다는 거야 대충 알고 있었지만, 그래도 이렇게 할 일이 없었나?'

하기야 부동산도 비수기가 있다면 7월과 8월인데, 이때가 가장 거래가 뜸한 시기다.

무더위가 기승을 부리는 시기인 요즘은 이사를 하는 시즌도 아니지만 시즌에 별로 영향을 받지 않는 커머셜 부동산의 거래도 뜸한 편이었다.

다만 구제금융하에 발생한 부실채권으로 인해 부동산 시장에 나온 물건들은 비시즌도 아랑곳없이 꾸준하게 거래가 이루어지고 있는 편이었다.

'오랜만에 좀 쉴 수 있을까 모르겠군.'

하지만 생각만 그렇게 해 보는 것일 뿐 그럴 수 없다는 걸 안다.

그래서 더 다음 장을 넘기기가 두려웠던 것이다.

'이제 내일인가?'

한 사람의 생명이 걸린 중차대한 날이 마침내 내일, 즉 11일로 다가왔던 것이다.

아! 오늘 7월 10일은 월요일이지만 출장으로 인해 쉬지 못한 지난 일요일을 대체해 하루 쉬는 날이다.

영암목장을 답사한 후 미첼과 민혜영은 다시 부산으로 향했고, 매튜는 원상체인과의 업무를 처리하기 위해 서울에 남았다. 아마도 지금쯤이면 미팅을 하고 있을 것이다.

'매튜가 도원이에게 내 말을 전했는지 모르겠군.'

담용은 김도원에게 연락해 달라는 말을 전해 달라고 매튜한테 부탁했다.

말을 전했다면 도원은 업무가 끝나는 대로 연락을 해 올 것이다.

바인더북

마크 설리번은 실험 및 연구동으로 쓸 수동면의 연수원을
답사한 후 그다음 날 곧바로 귀국길에 올랐다.

오늘이 10일이니 설리번이 귀국하고 하루가 지났을 뿐이
지만 담용은 하루가 여삼추 같은 심정이었다. 목장의 매각
결과에 딸린 식구들이 생각보다 많은 숫자였기 때문이다.

만약 매각으로 결정된다면 아마도 시간을 거슬러 와서 해
왔던 일 중 복사골복지재단의 설립과 더불어 가장 보람 있는
일이 아닌가 싶다.

'아직 며칠 더 지나야 연락이 올 테지.'

기실은 결과가 어떻게 나올지 몰라 초조한 마음이긴 했지
만, 애써 내색하지 않으려고 편안한 척하고 있는 중이다.

'설리번의 말과 실실 웃는 표정을 보면 가능할 것도 같은
데…….'

문득 마크 설리번과 헤어지던 날 나눴던 대화가 머리에 떠
올랐다.

−미스터 설리번, 가능성이 있겠습니까?

−미스터 육, 나, 시간이 그리 많이 남아도는 사람이 아니
네.

−그건 압니다만 단 1%의 가능성만 있더라도 현장을 답사
하는 성품이시라 묻는 겁니다.

−그건 잘 봤군. 내 욕심 같아서야 코리아는 사업을 해 보

고 싶은 나라라네. 혹시 자네 이거 아나?

 ─네?

 ─적합한 조건의 사업지라는 조항 외에도 사업지 선정에 적지 않은 영향을 미치는 부분들 말일세.

 ─글쎄요. 갑자기 물으시니 떠오르는 것이 없군요.

 ─글로벌 회사라면 사업지의 임금 수준 외에도 간과하지 말아야 하는 것이 바로 그 나라의 국민성이라네.

 ─국민성요?

 ─그러네. 코리아의 국민성이라고 하면 세계에서도 단연 상위 그룹에 속하다고 할 수 있지. 그중에서도 교육열이 높고 부지런한 것으로 치면 둘째가라면 섭섭할 정도지. 이런 부분들은 사업지를 선정하는 데 아주 중요한 항목이라네.

 ─아아, 이해가 됩니다.

 ─하하핫, 그러니 기대해도 좋을 것이네. 물론 이사회를 통과해야 하겠지만 말일세.

 "에혀, 말꼬리만 달지 않았어도 편하게 기다리겠는데……."

 설리번이 이사회를 통과해야 한다는 사족을 붙이는 통에 은근히 신경이 쓰이는 담용이다.

 파락.

 결국은 다음 장을 넘기고 말았다.

한눈에 들어오는 글귀는 그동안 틈만 나면 읽고 또 읽었던
간단한 일기장이었다.

7월 11일 초복. 13시 30분경.

역삼동 개나리아파트 부근의 인도에 쓰러진 중년 신사를 업고 세
브란스병원으로 가서 입원을 시키고는 때아닌 임시 보호자가 됐다.

중년 신사는 급하게 응급조치가 취해진 후 수술실로 직행했다.

마이어카디얼? 마여카덜?

의사들이 수군대며 떠드는 말이었다.

아마도 중년 신사의 병명이겠지만 무슨 병인지는 모르겠다.

간호사가 신분을 밝히기 위해 뒤진 지갑에 명함이 있었다.

㈜○○공사

사장 최○○

수술실로 들어가는 것을 보고 명함에 적힌 대로 전화를 한 후 20분
뒤에야 직원들이 도착했다.

임시 보호자의 자격을 인계해 주고 나왔다.

파락.

얼른 다음 페이지로 넘어갔다.

7월 12일. 회사에 출근한 후 열 시쯤에 세브란스병원으로 전화를 걸어 보았다.

소리 없이 찾아오는 죽음의 병인 심장병이라는 걸 알고 난 후였다.

중년 신사였던 최○○ 씨가 결국 어제 오후 3시경 수술 도중에 사망했다는 대답을 들었다.

그 충격에 근래에 들어 술을 가장 많이 마셨다.

술을 마실 수밖에 없었다.

이유는 자책감이 들어서였다.

내가 심장병에 대한 상식을 조금이라도 가지고 있었더라면 하는 자책감.

중년 신사는 죽지 않아도 될 목숨이었던 것이다.

나의 무지가 사람을 죽인 결과라 무척이나 속이 상한다.

그리고 그분에게 꼭 죄를 지은 기분이다.

"흠, 이제는 마이어카디얼 인팍션myocardial infarction이란 병명이 심근경색증이라는 것을 안다. 운이 좋다면 그분의 생명을 구할 수 있을 거야."

가능성만 부여하는 것은 담용이 인명은 재천임을 믿는 사람에 가까워서다.

모든 걸 완벽하게 준비했어도 천려일실이라는 말이 괜히 있는 것이 아니지 않은가?

물론 그동안의 꾸준한 공부로 인해 병명만 알고 있는 것은 아니었다.

심근경색증이 보통 심장 발작이라 부르는 병이라는 것, 심장으로 가는 혈액의 공급이 막힘으로써 즉 관상동맥이 완전히 막혀 버려 심장근육이 파괴되거나 혹은 심장근육의 일부가 죽는 것을 의미한다는 것도 알고 있다.

또한 몸이 무겁고 심장을 쥐어짜는 듯한 심한 통증이 가슴 중앙에서 발생해 위로는 목으로 아래로는 팔 특히 왼쪽 팔로 퍼져 나가는 경향이 있다고 했다.

외관상으로는 안색이 창백해지고 땀이 많이 나며 호흡곤란이 올 정도로 숨이 가빠지는 증상을 보인다.

때로는 구역질이 나 구토를 하기도 하고 불안과 초조 혹은 죽을 듯한 공포가 생기면서 환자가 어쩔 줄 몰라 하며 허둥댄다고도 한다.

이상이 담용이 그날 이후 죄책감으로 인해 공부를 열심히 하다 보니 알게 된 심근경색에 대한 상식이었다.

하나 병명만 알아서는 사람을 구할 수 없는 일.

담용은 그동안 틈틈이 응급처치에 대해서 공부해 놓았던 것을 암송해 보았다.

이렇게 하는 것은 일종의 시뮬레이션이라 할 수 있었다.

'갑작스럽게 가슴에 통증이 발생했을 때 혈관을 확장시켜 주는 니트로글리세린을 빨리 환자의 혀 밑에 끼워 넣어 준다.'

이것이 가장 첫 번째 할 일인 것은 니트로글리세린이 혈관을 확장시켜 증상을 완화시켜 주기 때문이다.

이는 다이너마이트의 중요 성분으로 강력한 폭발성을 동시에 가지고 있는 물질이기도 하다.

독이 약으로 전용되고 있는 셈인 것이다.

니트로글리세린은 환자가 유사시를 위해 반드시 지니고 다녀야 하는 상비약인 터라 품속을 뒤져 조치를 하면 된다.

이것으로 끝난 것이 아니다.

'5분 안에 반응이 없으면 하나 더 혀 밑에 넣고 다시 5분을 기다려 봐야 한다.'

이 경우는 이미 택시를 잡아타고 병원으로 향할 때 해야 하는 일이다.

'두 알로도 반응이 없다면 마지막 세 번째 약을 써야 한다.'

세 번째 약으로도 회복이 될 조짐이 보이지 않는다면 이때는 이미 병원 응급실에 도착해 있어야 하는 위험한 시기다. 즉 발작 후 15분 안에 결정을 해야 한다는 뜻이다.

이렇듯 다급한 판국이니 담용이 시뮬레이션을 하지 않을 수 없는 것이다.

그런데 불가항력으로 발작 현장이나 이송 도중에 심장이 정지됐다면 심폐 소생술로 응급처치를 시행해야만 한다.

심폐 소생술은 심장을 압박해 혈액을 순환시키는 것으로

응급 상황 시에 생명을 살릴 수 있는 유일한 방법이다.

담용은 군대에서 수백 번도 더 연습해 봤던 덕에 이것만은 자신이 있었다.

'내일…… 내가 잘 해낼 수 있을까?'

미리 가서 기다릴 수는 있다.

하지만 '당신은 지금 생명이 매우 위험한 상태이니 빨리 병원으로 갑시다.'라고 할 수는 없다.

당시를 생각해 보면 급성 질환으로 보였다. 즉 멀쩡한 사람에게 뜬금없이 이상한 소리를 해 대는 미친놈이 되기 십상인 것이다.

'자 자, 그때 가서 정신을 바짝 차리면 돼. 담용아, 너는 할 수 있어!'

꾸욱!

주먹을 꽉 쥐며 스스로 결심을 다진 담용이 7월 12일자 아래에 적혀 있는 글귀를 보았다.

역삼동 토지 : 약 1,400평 답사.

낡은 단층 건물 6채.

가격 : 2,500만원/py

"흠. 이건 인연이 안 됐던 건데……."

전속 계약이 되어 있지 않은 물건으로 동네방네 소문난 매각 부동산이다.

물론 당시에 담용이 답사를 했지만, 이는 누구라도 다 하는 요식행위다.

'이걸 그때…… KARU에서 계약을 하려다 말았지?'

KARU는 다름 아닌 박신우와 신경섭이 재취업한 미국계 부동산 회사지만 담용은 아직 이런 사실을 모르고 있었다.

아무튼 기억은 그랬고, 사실은 계약이 됐어야 했던 물건이다.

풍문으로 듣기로는 매입자와 용역 계약서를 쓰던 중에 포기를 했다고 했다.

빅딜이라 소문이 자자했던 계약이라 포기한 사유를 들어 보니 그 이유가 참으로 기가 막혔다.

매입자가 중개인에게 지불할 수수료를 용역 계약서를 작성할 때 정하지 않고 법정 공인 중개 수수료 요율표대로 적용해 줄 것을 강력하게 요구했기 때문이었다.

담용이 생각해도 참으로 난감한 상황이었는데, 그렇게 될 경우 중개 수수료가 300만 원을 넘지 못한다. 말인즉 1,400평에 평당 2,500만 원이나 되는 물건의 총금액을 계산해 보면 짐작이 갈 것이다.

1,400 × 25,000,000 = 35,000,000,000.

상기 숫자에서 보듯 물경 350억이나 되는 거래를 고작 300만 원이란 수수료를 위해 작업해 왔다면 본전도 되지 않는

밑지는 장사다.

.그도 그럴 것이 이렇듯 고액의 물건일 경우 작업하기도 쉽지 않거니와 애초 1,400평 대지 위에 낡은 단층 건물이 여섯 채나 존재했기에 명도 작업까지 병행해야 하는 물건이다. 300만 원은 공들인 시간과 노력의 값어치에 비해 한참 모자라는 금액인 것이다.

게다가 세입자가 12명이나 입주하고 있어 명도가 더 어려웠던 물건이었으니, 고작 300만 원을 받고 중개할 수는 없는 일이었다.

물론 물건이 엊그제 접수된 것이라 아직 일어나지 않은 미래의 일이다.

기억의 저편에서도 아직 답사를 하지 않은 시기이기도 했다.

이러나저러나 날름 주워 먹기에는 너무도 뜨거운 감자 같은 물건.

'땅주인이 조금 양보를 하면 될 텐데, 지독한 양반이라……'

토지주는 수수료를 못 내놓겠다고 했다.

'참나, 매입하는 사람에게 수수료를 많이 받으면 되지 않느냐고?'

이미 접수된 장부에 그렇게 적혀 있었고, 특별히 또 하나의 단서가 붙었는데 '인정 작업은 불허함'이라고 쓰여 있었다. 즉 가격을 덧붙이는 '순가중개계약'을 할 수 없다는 뜻이다.

당연한 소리고 또 하게 되면 불법이라 시도하지도 않겠지만 워낙 비일비재하게 매도인에게 요구해 오는 중개인들이 있어 아예 특약으로 못을 박아 버린 것이다.

아! 순가중개계약이라고 해서 무조건 불법은 아니다.

매도인이 인정했다면 불법과는 상관없는 계약인 것이다.

다시 말해서 수수료를 법정 요율표보다 더 얹어 준 격이라고나 할까?

아무튼 순가중개계약을 인정하지 않는 것이야 상관없지만 수수료까지 매도인에게만 받으란 말은 참으로 어이가 없었다.

'이런 고객은 정말 얄밉지.'

손도 안 대고 코를 풀려는 심보로 중개업자들에게 정당한 수고비를 지불하는 것마저 아까워 이런 조항을 요구하는 고객은 중개인들이 제일 싫어하는 스타일이었다.

'쩝, 그래도 구제금융이라는 불황의 늪을 건너고 있는 중개인들이 그거라도 어디냐며 울며 겨자 먹기 식으로 달려들고 있으니, 매도인이 그런 심리를 교묘하게 이용한다고 봐야겠지.'

물론 아파트 같은 소형 물건에 한해서는 그런 경향이 많지만 이렇게 큰 물건은 작업할 능력이 되지 못하면 아예 달려들지도 못하니 좀처럼 드문 경우다.

그럼에도 불구하고 담용이 이 물건에 신경을 쓰는 데에는 그만한 이유가 있었다.

결국 KARU에서 계약을 하지 못하고 물러나자, 얼마 지나지 않아서 애초에 매입하라고 권유했던 회사와 매도인 간에 계약이 이루어진 것이다.

그래 놓고도 수수료 300만 원조차 지불하지 않았다.

이건 규범 이전에 사회성의 반칙이며 사회 통념의 반칙이자 인간애의 반칙이었다.

"흥, 이번에는 그렇게 못하지."

이것이 바로 포기하지 않고 참여하려는 이유였다.

뭐, 어쨌든 접수가 되어 있으니 포기하기도 어렵다.

"그래, 고객을 확보하는 차원에서도 그렇고 팀원들에게 실습할 기회를 주는 셈치고 해 보자. 누가 좋을까?"

그렇게 마음을 먹자, 담용의 뇌리로 팀원들의 얼굴이 주르르 떠올랐다.

'한 과장 팀은 목장 건으로 바빠질 테니, 송 과장 팀의 장영국에게 맡겨야겠군.'

장영국은 외자전문팀이 해체되면서 담용의 태스크포스팀으로 영입이 된 직원이었다.

'이 친구는 잘 적응하고 있나?'

바로 장영국을 두고 하는 말로 평택에서 출퇴근하다가 며칠 전에 도산공원 근처에 있는 오피스텔을 구해 생활하고 있었다.

물론 태스크포스팀의 비상시를 위한 작업실이기도 하다.

"아참, 필승이 녀석도 있네. 인한이 녀석이 잘 거둬야 할 텐데."

필승이는 영암에서 인연이 된 불닭발이다.

성은 '독고씨'로 제천 출신이었다.

'뭔가 사연이 있는 놈인 것 같은데, 도통 입을 열지 않으니……'

짱돌이 전해 온 말에 의하면 오죽하면 강인한이 별명을 '불닭발'에서 '삼신'이라고 지었다고 할까?

이유는 워낙 말이 없어서 '벙어리 삼신(벙어리)'을 줄여서 '삼신'이라고 지었다고 한다. 즉 이제 불닭발이란 별명은 없어진 것이다.

담용도 '불닭발'보다는 '삼신'이 훨씬 부르거나 듣기에 좋다는 생각이다.

뭐, 삼손도 연상돼서 힘이 있어 보이지 않는가?

'그래, 내 식구니까 내가 거둬야지. 그나저나 도원이 녀석에게서 왜 전화가 안 오지? 미팅이 아직 안 끝났나?'

시간을 확인해 보니 오전 열한 시가 다 되어 간다.

동생들이 등교하거나 출근한 탓에 집 안이 마치 심산의 절간 같다.

동구와 순성이도 새로운 환경이 어색할 법도 하건만 애니멀 커맨딩의 효과인지 의외로 잘 적응하고 있었다.

'에라, 정인 씨도 만나 볼 겸 동순이를 데리고 오랜만에 공사 현장에나 가 봐야겠다.'

동순이?

동구와 순성이의 앞글자만 따서 한꺼번에 부르는 호칭으로 막내인 담민이 지었다.

두 녀석을 한꺼번에 부르기로 작정한 담민은 왜 진즉 반려견을 사 주지 않았냐고 시위라도 하듯 두 녀석을 환장할 정도로 좋아했다.

원래 짐승들은 본능적으로 누가 자기를 진심으로 좋아하는지를 기가 막히게 포착하는 능력자들이라 요 이틀간 담민이만 졸졸 따라다니고 있었다.

'정인 씨랑 점심 식사나 같이해야겠군. 어디가 좋을까?'

서랍에 바인더북을 챙겨 넣던 담용은 자신이 집 근처에 맛집이라고 할 만한 음식점을 한 번도 가 본 적이 없다는 것을 금세 깨달았다.

'쩝, 정인 씨가 알고 있었으면 좋겠군.'

그래도 여기서 근무한 지 얼추 반년이 지나가고 있으니 맛집 정도는 꿰고 있을 것 같았다.

디리리. 디리리…….

'……?'

자동차 키를 집어 들고 막 일어서려던 담용은 휴대폰이 울리자 다시 주저앉았다.

"이제야 왔……어? 매튜?"

기다리던 김도원의 전화가 아니라 매튜 슬레이프였다.

"육담용입니다."

―미스터 육, 저 매튜예요.

"매튜, 일은 잘 끝났어요?"

―예. 끝내고 서울역으로 가고 있어요.

"수고 많았어요. 그리고 도와주지 못해서 미안해요."

―하하하, 전 오히려 안 도와준 것이 더 좋아요. 그러니 마음 쓰지 말아요.

"하하핫, 알았어요."

―아! 그리고 미스터 킴 말이에요.

"예, 전화를 왜 안 한대요?"

―만나지 못했어요.

"아! 외근을 나갔나요?"

―그게 아니라 회사를 그만뒀다고 하더군요.

"예에? 회사를 그만뒀다고요?"

―예, 그것도 한 달 전에요.

"이런! 전 까마득히 몰랐습니다. 미안해요."

―하하, 천만에요.

"알았어요. 제가 직접 전화해 볼게요."

바인더북

-예, 그럼 다음에 봬요.

"조심해서 내려가세요."

탁!

"아니, 이 녀석이 회사를 그만뒀으면 그만뒀다고 말이나 해 주지."

단축키를 누른 담용이 한바탕해 줄 마음을 먹고는 방을 나섰다.

띠리리. 띠리리리……

여의도의 D건설 본사.

누군가를 기다리고 있는지 5층에 마련되어 있는 휴게실에서 식은 커피를 홀짝거리고 있는 담용의 안색이 그리 편치 않아 보였다.

누가 봐도 '나, 근심 있소.' 하는 표정인 담용은 가끔씩 유리창 너머로 보이는 63빌딩을 올려다보곤 했다.

'이 녀석은 전화도 안 되고…… 대체 어떻게 된 거지?'

이맛살을 살짝 찌푸리며 근심을 해 대는 대상은 다름 아닌 김도원이었다.

오전에 전화를 걸었더니 고객의 사정으로 어쩌고저쩌고하는 멘트만 흘러나올 뿐이었다.

이왕에 마음을 먹은 터라 정인과 점심을 같이하고는 부랴부랴 여의도로 달려온 것이다.

회사 동료로서 인연을 맺었던 사회 친구였지만, 둘 다 꽤나 친하다는 생각을 하고 있었다.

하지만 직장에서의 만남 외에는 둘 모두 더 알고 있는 것이 극히 적을 정도로 서로의 사생활에 대해서는 묻지 않아왔다.

기껏해야 어디에서 출퇴근을 하는지 아니면 가족 관계 정도나 더 알고 있을까?

그럴 수밖에 없는 것이 아무리 친하다고 해도 불알친구가 아닌 이상 직장 동료라는 한계가 분명이 존재한다고 본 것이다.

담용은 담용대로 사는 모습이 옹색한 것을 보여 주기가 싫었던 것일 테고, 담용이 그러니 김도원 역시 자신을 내보이는 것에 어느 정도 제한을 두었을 테니 말이다.

굳이 찾자고 들면 김도원의 전 근무지인 원상체인으로 가입사 때의 이력서를 토대로 주소를 알 수도 있을 것이다. 하지만 매튜의 슬레이프사와 결별했을 테니 그것도 껄끄러운 짓이 되고 말았다.

물론 이곳 D건설에서 근무하는 김도원의 형, 즉 김재원을 만나지 못한다면 원상체인을 찾아갈 수밖에 없긴 하다.

이러구러 시간은 시나브로 흘러 어느 결에 오후 세 시가

다 되어 가고 있는 상황이다.

'너무 오래 기다리게 하는데…….'

벌써 한 시간째 죽치고 앉은 채다.

김재원의 전화번호를 알지 못했던 탓에 미리 연락한 것도 아니어서 마냥 기다리게 한다고 해서 불만을 내비칠 수도 없었다.

뭐, 안내데스크에서 김재원의 부서가 바쁜 상황이라는 말을 듣긴 했지만 꼭 빚을 받으러 온 기분이다.

김도원이 자신의 돈을 가지고 있었다는 것을 김재원이 안다면 그런 생각도 할 수 있을 것으로 여겨졌다.

하지만 담용은 결단코 돈 때문에 온 것이 아니다.

회사도 그만두고 휴대폰까지 끊은 채 연락이 두절된 사정이 뭔지를 알고 싶어서 찾아온 것이다.

사정을 알아야 돕든지 말든지 할 것 아닌가?

담용이 63빌딩 쪽을 바라보며 이런저런 생각을 하고 있을 때 굵직한 음성이 들려왔다.

"저기…… 혹시 육담용 씨?"

벌떡!

"아! 예. 제가 육담용입니다. 재원 형님이세요?"

"아, 제가 도원이 형 되는 김재원입니다. 이거 너무 많이 기다리게 해서 죄송합니다."

"아, 예. 반갑습니다."

친구의 형이고 동생의 친구였지만 서로가 초면이라 수인사를 나누고는 명함을 교환했다.

"저번에 증자를 한 건으로 감사가 나와서 늦었어요. 지금도 감사 중이고…….."

"어? 그럼 금방 들어가 봐야겠네요."

"양해를 구했으니 약간의 여유는 있어요. 도원이에게 육담용 씨 얘기를 많이 들었어요. 회사에서 제일 친하고 또 능력이 대단한 친구라더군요."

"하핫, 친한 건 맞지만 나머지는 녀석이 제 낯을 세워 주려고 뻥을 친 겁니다. 믿지 마세요."

"어? 육담용 씨 덕에 나도 이득을 본 것이 있는데요?"

"예? 그게 무슨 말……?"

"원래 제 거래 은행이 대동은행이었는데 도원이 말을 듣고 산업은행으로 바꿨거든요."

"아아. 예. 그건 잘하셨네요."

"말씀하신 대로 정리 처분으로 결정된 은행이더군요."

"별것 아닙니다. 우연히 알게 된 거니까요. 그건 그렇고 도원이 이놈 어떻게 된 겁니까?"

"안 그래도 도원이가 궁금해서 왔을 거라 생각했습니다."

"그 녀석 지금 어디 있어요?"

"사실은 저도 모릅니다."

"예에? 아니, 그…….."

"하지만 도원이가 있을 곳으로 짐작되는 지역은 있습니다."

"거기가 어딥니까? 아니, 연락이 안 되는 이유가 뭡니까?"

"아마 일산 어느 곳에서 배회하고 있을 겁니다. 연락이 안 되는 것은 녀석이 일부러 잠적했기 때문이지요."

"예? 이, 일부러 잠적했다고요?"

"예."

"……!"

"지금 제 집사람이 시동생을 찾으려고 매일 일산으로 출근하고 있는 상황입니다."

"모, 모친께서는……?"

"막내 녀석이 잠을 나가 소식이 없으니 당연히 몸져누우셨지요."

"형님, 좀 자세히 말씀해 주세요. 왜 이런 일이 생긴 겁니까?"

"휴우-! 애초에 잘못은 도원이에게 있지요."

"……?"

"제 생각엔 욕심이 화를 부른 것 같아요."

"도원이가요?"

"예. 일이 어떻게 됐냐면요. 도원이에게 초등학생 때부터 친하게 지내던 불알친구가 있습니다. 장세찬이라고. 저도 잘 아는 동생이지요. 같은 이웃에 살았으니까요. 한동안 소식이

뜸하던 그녀석이 도원이를 찾아와 자주 어울리더니 종국에는 집까지 들락거리며 같이 일산도 가끔 오가곤 하던 눈치더군요."

"일산엔 무슨 일로 갔답니까?"

"세찬이 녀석이 그랑드건설에 다니는데, 일산에 대형 프로젝트……."

"아! 자, 잠깐요!"

"……?"

"방금 그랑드건설이라고 하셨습니까?"

"예."

'하아, 이거야…….'

담용은 그랑드건설이라는 말만 듣고도 무슨 일이 일어났는지 대충 짐작이 갔다.

우선 딱 한마디로 정의하자면 '사기꾼' 회사다.

이유인즉 그랑드건설이 바로 조폭 두목 출신이 건설 법인을 빌려서는 애초부터 투자 사기를 목적으로 설립한 회사이기 때문이다.

이건 자신 있게 단언할 정도로 기억의 저편에서 실제로 벌어졌었던 일이었고, 그랑드란 이름도 똑같았다.

담용은 회장이란 자의 이름이 성봉창이라는 것까지 또렷이 기억하고 있었다.

물론 조폭 두목이라고 해서 정당한 사업을 하지 말란 법은 없지만 그랜드건설만큼은 아니었다.

'이런 바보 같은 녀석…… 내게 말이나 해 보지.'

하기야 부동산 전문 회사에 근무한다고 말해 준 적이 없으니 할 말은 아니다만.

근데 조금 이상했다. 기억을 더듬어 보니 내년 초 즉 2001년 초쯤에나 투자 유치 사기가 들통이 나서 회장이란 사람이 잠적하는 걸로 알고 있는데, 2000년 7월에 사건이 터질 조짐을 보이다니 이상하지 않을 수 없다.

빨라도 너무 빨랐다.

'설마? 지금 터지는 건 아니겠지?'

분명히 아니어야 했다. 아무리 기억을 더듬어 봐도 너무 빠른 시기였다.

하지만 벌써부터 김도원처럼 사기를 당한 사람이 나타난 것 같아서 담용이 의아해하며 불안해하는 것이다.

피해액이 천문학적인 금액이기 때문에 사실 엄두가 안 난다.

막고 싶어도 막지 못하는 것은 지금 시기는 아직 사기가 성립되지 않은 채 합법적인 사업을 경영하고 있기 때문이다.

물론 파고 들어가면 합법을 가장한 사업이라는 것을 알 수 있겠지만, 고소 고발도 없고 수사권도 없는 일반인이 뭘 할 수 있을까?

그러나 진정으로 막을 수만 있다면 막고 싶은 심정이다.

기억 저편에서의 지금 시기는 그랑드건설이 국유지인 그린벨트를 황금 프로젝트로 포장하고 있는 때였다.

대략 언급하자면 그린벨트인 토지가 일반 주거나 상업용지로 풀리기만 하면 수십 혹은 수백 배의 이익이 창출될 것이라는 내용이다.

그런데 이런 황당한 내용이 얼마나 그럴듯하게 포장이 됐는지 이름만 들어도 알 수 있는 유명 인사들이 대거 참여했던 사기 사건이다.

물론 사기로 드러나서야 알게 된 일이지만 탄로가 나기 전까지는 쉬쉬하며 투자를 했기 때문에 누가 투자를 했는지 전혀 알 수가 없었던 것이다.

보다 웃기는 것은 분명히 투자를 해 놓고도 신분이 공인이다 보니 창피한 마음에 투자한 일이 없다고 딱 잡아떼는 촌극까지 벌어진 일이 허다했다.

하면 이들이 바보라서 꼬드김에 넘어갔느냐 하면 절대 아니었다.

'모두들 프리젠테이션 때 참석한 갈성규 의원의 낯을 본 거지.'

몇 번 언급했다시피 여당의 중진 의원인 데다 한일의원연맹의 간사까지 겸하고 있는 갈성규가 아닌가?

갈성규 의원이 성봉창과 무슨 인연이 있어서 프리젠테이션에 참석을 했는지는 아직 밝혀진 바가 없다.

다만 사건이 터진 이후에 기자가 묻는 질문에 '난 그냥 내 지역구라 지역구를 발전시키는 일에 참석해 달라는 초청장이 와서 참석했을 뿐이다.'라는 말만 되풀이했었다.

그럼으로써 고개를 갸웃하는 약간의 의혹만 남긴 채 결국은 유야무야로 묻히고 말았다.

담용은 당시에 이를 두고 '가재는 게 편'이라고 정의했다.

왜냐? 많은 국회의원들이 갈성규 의원을 감싸고도는 것도 모자라 인천국제공항 개항이다 뭐다 하며 이슈를 완전히 다른 곳으로 돌려 버렸던 것이다.

각설하고.

"그러니까 도원이 세찬이란 친구의 꼬드김에 넘어가서 그랜드건설의 프로젝트에 투자했다가 홀라당 날렸다는 얘기가 되나요?"

"저는 그렇게 된 것으로 보이는데, 녀석이 가끔 연락해 오는 것을 보면 절대 아니라는 겁니다."

"어떻게 아니라는 겁니까?"

"프로젝트는 아직도 진행 중이라고 하더군요."

'미친놈.'

사기꾼들의 전형적인 수법에 놀아나는 도원을 생각하자 대뜸 욕설이 튀어나올 뻔한 담용이 억지로 참았다.

차마 형 되는 사람 앞에서 내뱉을 말이 아니었던 것이다.

욕설이 튀어나오려 했던 것은 평소에 그리도 영리하던 놈이 갑자기 바보가 된 것 같아서였다.

아니면 장세찬이란 친구가 김도원이 넘보지도 못할 고도의 사기꾼이든가. 그것도 아니라면 직원인 장세찬조차도 피해자일 뿐이든지.

"프로젝트가 진행 중이라면서 왜 전화도 끊어 버리고 집에도 안 들어오는 거랍니까?"

"그게…… 제 놈이 가지고 있던 돈은 물론 육담용 씨의 돈과 어머니 돈 그리고 제 돈까지 투자를 해서……."

"뭐, 뭐라고요?"

"그렇게 놀랄 줄 알았습니다."

"아니, 아니, 형님, 오해하지 마십시오. 제가 놀란 것은 어머니와 형님 돈까지 투자해서 날려 버렸다는 말 때문입니다. 제 돈을 날렸다는 걸 가지고 그러는 게 아닙니다. 이건 제 진심입니다."

"도원이 말로는 육담용 씨 돈이 육억 원이 넘는다던데요?"

"어? 그래요?"

처음 듣는 말이었다.

"육억이면 결코 작은 돈이 아닌데 그래도…… 괜찮겠어요?"

그동안 동생의 일로 인해 마음고생을 많이 했었던지 얘기를 하던 도중 눈에 눈물이 맺히는 김재원이다.

이를 본 담용이 크게 웃으며 너스레를 떨어 댔다.

"하하핫. 짜식이 많이도 불려 놨네요. 원래 제 돈은 일억 삼천만 원밖에 안 되는데……."

"은행에서 융자를 받은 돈이라고……."

"아! 삼천만 원만 해당이 돼요. 일억은 회사에서 성과급을 받았던 겁니다."

"압니다. 도원이가 다 말해 줬거든요."

"짜식, 비밀이 없는 놈이네요. 그리고 나머지 돈은 순전히 그 녀석의 능력으로 불린 것이라 엄밀히 말하면 제 돈이라 할 수도 없어요."

"……!"

"그리고 무엇보다 중요한 것은 제가 아무렇지도 않다는 겁니다. 제 스스로 맡긴 돈이니 도원이 말아먹었던 구워 먹었던 이미 없어진 돈이라면 미련이 없단 말이지요."

"……!"

담용의 말이 이어질 때마다 계속해서 놀라는 눈빛을 자아내는 김재원이다.

"그리고 가장 중요한 것은 돈이야 또 벌면 되는 거지만 도원이 같은 친구 놈은 또 얻어지는 것이 아니라는 겁니다. 형님도 알다시피 그 자식이 꽤 괜찮은 놈이거든요."

"그렇게…… 말해 주니…… 너무 고맙네요."

급기야 억지로 감추고 있던 성정이 터졌는지 김재원의 눈에서 닭똥 같은 눈물이 흘러내렸다.

'어차피 녀석을 만나면 자초지종을 알게 될 것이니 여기서 그만 끝내자.'

 사기당한 돈이 얼마인지도 도원이를 만나야 정확하게 알 수 있을 것이다.

 어쨌거나 뭐라고 딱히 위로할 말이 없었던 담용은 김재원의 손을 꼭 잡았다.

 "형님, 도원이 일은 제가 책임지고 해결할 테니 지금부터는 마음을 푹 놓으십시오."

 "유, 육담용 씨가 해결한다고요?"

 "예. 이놈 한번 믿어 보시지요. 저 이래 봬도 특전사 출신이거든요. 그리고 명함에 적혀 있다시피 부동산 회사에서 잘나가는 팀장이기도 하고요."

 김재원이 믿거나 말거나 과도하게 제스처까지 취해 가며 큰소리를 펑펑 쳐 대는 담용의 허세에 그의 시선이 탁자에 놓인 명함으로 향했다. 건성으로 명함을 받았다가 이제야 확인해 보는 것이리라.

 "그나저나 어머니의 노후 자금까지 건드리다니, 이 자식 참으로 질이 나쁜 불효자식일세. 내 이놈을 잡기만 하면 그냥 콱……."

 "아무튼 말이라도 그렇게 해 주니 고마워요."

 "아닙니다. 이 자리에서 약속하겠는데요. 전 반드시 도원이를 데려올 것이고 또 돈도 전부 찾아올 겁니다. 이자까지

붙여서요. 그러니 내일부터 형수님이 일산으로 가지 못하게 하십시오."

"아니, 그건 저……."

"형님, 꼭 그렇게 해 주십시오. 자, 사내끼리 약속하시지요."

스윽.

장난도 아니고 다 큰 어른이 새끼손가락을 걸자며 내민다. 이에 얼떨결에 김재원도 새끼손가락을 걸었다.

"자, 형님은 아무 걱정 말고 감사를 받도록 하십시오. 저도 이제부터 움직이려면 많이 바쁘거든요."

벌떡!

"그, 그래요. 이거 식사 대접도 못 하고……."

"다음에요. 도원이 일을 해결하고 나면 배가 터지도록 사 주십시오. 아셨죠?"

"그, 그래요. 틀림없이 살게요."

"그럼 됐습니다."

꾸우벅.

"이제 가겠습니다. 수고하십시오!"

"아, 예. 예."

뚜벅뚜벅 뚜벅뚜벅.

정중하게 작별 인사를 하고 돌아서는 담용을 쳐다보던 김재원은 뭔가 전격적으로 해결되어 버린 것만 같아 꼭 뭣에

홀린 듯한 표정이다.

하지만 그런 기분이 꼭 나쁜 것만은 아니 것 같아 묘한 심정이었다.

김재원의 눈에 회전문으로 사라지는 담용이 휴대폰을 귀에 갖다 대는 모습이 들어왔다.

"형이다."

-어? 형님, 어쩐 일이세요?

"인한이, 너…… 죽는다."

-헤헤헤, 형님도 참. 비몽사몽간에 전화를 받다 보니……
정말 죄송합니다. 다음부터는 다시는, 아니 절대로 액정부터
살피고 받도록 하겠습니다. 충성!

"일없어, 인마!"

-에이, 형님도……. 제가 세상에서 젤로 존경하는 형님께
서 왜 이러실까요?

"대신 네가 용서를 받으려면 미션을 한 가지 수행해야 한
다. 하겠냐?"

-그럼요. 뭐든지 시켜 주십시오!

"좋다. 일단 먼저 짱돌을 내게 보내."

-알겠습니다.

"그리고 애들 전부 집합시켜서 대기하고 있어!"

-전부라면……?

"그래, 명국성이 애들도 포함해서다."

−엥? 형님, 혹시 전쟁할 겁니까?

"전쟁은 상황을 봐 가면서 할 일이고. 일단 사람부터 찾자."

−어디서요?

"일산 주엽역 근처를 다 뒤져야 될 거다. 그래도 없으면 일산 전체를 까뒤집어서라도 찾아야 돼."

−헐! 대체 어떤 자식을 찾는데요?

"인마, 말조심해. 이 형님의 친구니까."

−앗! 죄송. 근데 친구…… 아니 그 형님의 사진이라도 있어야 찾기 쉽겠는데요?

"그러지 않아도 그걸 줄려고 짱돌을 오라고 한 거다."

−알겠습니다. 야! 짱돌!

BIILDER
BOOK

오늘만큼은 시간이 생명

7월 11일 오전 8시 30분경의 삼성역.

우루루루.

출근 마감 시간이 임박한 삼성역은 수많은 직장인들로 하루도 빠짐없이 인산인해를 이루며 붐비는 전철역 중에 하나다.

그러다 보니 전철에서 내려 발을 딛으면서부터 자신의 의지로 걷는다기보다는 사람들에게 떠밀려 개찰구까지 나온다고 해도 과언은 아니다.

오늘따라 늦게 출근한 담용도 예외는 아니어서 인파에 떠밀리다시피 하며 개찰구를 빠져나오더니 자신의 사무실이 아닌 글래스타워가 있는 3번 출구로 향했다.

이어 삼성역을 완전히 빠져나온 담용은 은마아파트 방향
으로 걸어가더니 인도에 설치된 공중전화 부스로 들어갔다.

달각. 달그락.

동전이 주입되자 기억해 뒀던 퀵 서비스 업체 전화번호를
차례대로 눌렀다.

퀵 서비스 업체는 전철 안의 광고판에 끼어 있던 스티커에
서 알게 된 것이다.

신호가 가고 젊은 여성의 음성이 들려왔다.

－네. 스피드 퀵입니다.

"지금 영업이 가능합니까?"

－네. 가능해요. 마침 일찍 출근하신 분이 계시네요.

"좀 바꿔 주시겠소?"

－제가 순서대로 배분해 드려야 해서 곤란해요. 그냥 말씀
하시죠. 뭐든 도와 드릴 수 있으니까요.

"그럼 물건을 전해 줄 담당자에게 이렇게 전해 주시오. 역
삼역 물품 보관소 C－16번함에 배달할 물건이 들어 있으니
잘 부탁한다고 말이오."

－그럼 열쇠와 비용은 어떡하고요?

"물품 보관함 바로 위를 더듬어 보면 만져질 거요. 그리고
비용은 물건과 함께 있으니 받으시면 되오."

－물품 도착지가 어디죠?

"광화문이오."

-만 오천 원 되겠습니다.

"3만 원을 넣어 뒀으니 나머지는 수고하시는 분께 팁으로 드리시오."

-네, 그렇게 전하겠습니다.

"아! 지금 전화를 받으시는 분의 성함이……?

-지순애라고 합니다.

"고맙습니다. 이따가 확인 전화를 하겠소."

-그러세요.

"수고하시오."

철커덕.

걸쇠에 전화기를 걸고는 밖으로 나온 담용이 휴대폰으로 어디론가 전화를 걸었다.

-어, 나, 종석이.

"데려다 놨어?"

-응.

"확실히 빈집 맞지?"

-거미가 주인 행세를 하면 확실히 빈집이지.

"놈은 어때?"

-사지는 멀쩡해.

"미끼로 쓸 놈이니 더 이상 해코지는 하지 마라."

-키키킥, 하긴 이것도 미끼는 미끼니 몸이 성해야 써먹을 수 있겠지. 근데 쪽지는 보냈어?

"응, 방금."

-그럼 우리도 슬슬 가야겠네.

"안대는 놔두고 포대기는 풀어 주고 나와."

-그러지.

"놈들이 정신을 차리지 못하도록 해야 하니 빈집을 더 찾아봐."

-그건 알겠는데 섹터를 어디까지 해야 할지 모르겠다.

"경기도를 벗어나지 않아도 충분히 구할 수 있을 거야. 어차피 외따로 떨어져 있는 폐가여야 하니까. 서로 간에 거리는 멀수록 좋고."

-알았어. 멀찌감치 떨어진 곳으로 구해 놓을 테니 염려하지 말고 넌 놈들과 흥정이나 잘해.

"흥정? 어째 나더러 돈 많이 벌어 오라고 재촉하는 마누라 같다."

-이런! 난 남색 취미 없다. 팀원들의 눈치를 보니 은근히 기대를 하는 기색이라서 말하는 거다.

"푸홋! 다들 이 기회에 팔자를 고쳐 보려고 그러나? 안 하던 짓을 하고 그래?"

-돈 싫다는 놈 없다. 그리고 주머니가 두둑하면 밥을 안 먹어도 배부르잖아? 신명도 나고 말이야. 챙겨 줄 수 있을 때 챙겨 주자고. 나이들도 있는데 장가도 가야지. 안 그래?

"하긴 그 말도 맞네. 알았어. 몸값을 마음껏 불러 보지 뭐."

─어? 야야. 그러다가 파토 나면 어쩌려고?

"어쩌긴? 협상이 안 되면 배 하나 빌려서 대한해협에다 수장시켜 버리고 말지 뭐."

─워워워…… 이거 살 떨리는 소린걸.

"그래도 놈들이 한 짓에 비하면 난 양반이라고."

─허이구야, 뒤끝 작렬이네.

"암은, 100년짜리 뒤끝이니까 내가 숨을 쉬고 있는 한은 엄청 우려먹을 거다."

─그래, 니 잘났으니까 마음대로 해라. 이따가 연락할게.

"그래."

탁!

"너무 늦었군."

이제는 지각하기 전에 사무실에 도착해야 할 시간이었다.

그러나 담용의 팔자인지 심종석과 통화를 끝내고 호주머니에 막 집어넣었던 휴대폰을 다시 꺼내야 했다.

디리리. 디리리…….

"어? 누구지?"

액정을 살펴보니 이름이 낯설면서도 익다. 누군지 금방 떠오르지 않았다.

'아아아, 맞다, 김 변호사!'

바로 ㈜코람테크로닉스라는 벤처기업에 투자를 할 때부

터 전담 변호사가 된 사람으로, 로펌 회사인 리엔씨 법무 법인에 근무하는 김기만이었다.

'참, 코람테크로닉스는 좀 괜찮아졌나?'

까마득하게 잊고 지낸 것은 아니었지만 원체 바쁜 나날을 보냈던 터라 미처 챙기지를 못한 투자처였다.

하기야 전담 변호사가 있으니 어떤 결과가 나오기 전까지는 굳이 일일이 챙길 필요는 없었다.

"오랜만입니다, 김 변호사님."

─젠장, 육 사장! 이럴 수가 있소?

'이크, 화가 단단히 났군.'

"하하핫. 죄송합니다. 너무 격조했지요?"

─격조하다 뿐이오? 아예 맡겨 놓고 코빼기도 안 내비치다니 그럴 수 있는 거요?

"하하하, 그거야 김 변호사님을 콱 믿고 편하게 제 일에 전념하다 보니 그렇게 됐습니다."

─거…… 믿는 도끼에 발등 찍히면 어떡하려고 그래요?

"에구. 제 복이 그것밖에 안 된다고 생각해야지 어쩌겠습니까? 아니면 이상순 대표님 멱살이라도 잡고 화풀이를 하는 수밖에 더 있겠습니까? 하하하……."

이상순은 로펌 회사인 리엔씨 법무 법인의 공동 대표인 인물이었다.

─어이구, 끔찍한 말씀도 하시네. 그 호랑이 같은 양반 멱

살을 잡았다간 우리 둘 다 살아남지 못할걸요?

"아니! 노인네가 힘이 있으면 얼마나 있다고…… 싸우면 당연히 젊은 제가 이길 텐데 뭔 걱정이유?"

—에구, 잘났소. 정말.

"하하핫. 다들 제가 좀 생겼다고 합디다. 근데 그런 시시껄렁한 농담이나 하자고 전화한 건 아닐 테고요. 용건이 뭡니까?"

—부탁 하나 하려고요.

"그 부탁…… 꼭 들어줘야 하는 것이겠군요?"

—맞소. 그렇지 않으면 사회적 체면이 있는 내가 왜 부탁하겠소?

"에혀, 일단 들어나 봅시다. 뭔데요?"

—간단하오. 투자를 한 군데 더 해 달라는 얘기니까.

"투자를 하라고요?"

—그렇소.

"어딘데요?"

—포레이버라는…… 포털 사이트요. 혹시 아시오?

"아아, 예, 압니다. 저도 이용하고 있는 곳이니까요. 그럼 저더러 거기에 투자하라고 권하시는 겁니까?"

—맞소.

"흠. 현재 회사는 어떤 상태입니까?"

—힘에 겨워하고 있소. 하지만 뒤를 받쳐 주는 자본만 있

다면 탄력을 받을 것으로 여겨지오.

'맞아, 지금이 고비지.'

그렇지만 향후에는 엄청난 파워를 가진 포털 사이트로 성장하게 되는 포레이버다.

그것도 상상치도 못할 무서운 속도로 성장하니 말이다.

'하! 내가 왜 이걸 놓치고 있었지?'

시간을 거슬러 온 이후 딱히 돈이 될 만한 투자처를 골라서 찾아다니지는 않았지만 포레이버는 정말 투자하고 싶은 회사다.

지금은 언덕배기를 올라가려고 힘에 겨운 싸움을 하고 있지만, 결국 극복해 내고는 대한민국 최대의 포털 사이트로서 10년 후 시가총액이 20조가 넘는 굴지의 대기업으로 성장한다. 그것을 알고 있는 담용으로서는 은근히 욕심이 났다.

'그래, 야후는 자동적으로 아웃이 되지만 구글이 문제로군.'

하지만 포레이버가 자금력에 허덕이지 않고 무난히 뻗어나가는 파워를 생성했더라면 10년 후 구글과의 격차가 그렇게 크게 느껴지지 않았을지도 모른다.

'좋아, 이걸 지르지 않는다면 천하에 이런 바보도 없을 거다.'

어차피 다시 한 번 사는 삶. 많이 벌어서 마음 놓고 하고 싶은 일을 하며 사는 거다.

담용이 지난 삶에서 절절히 느낀 것이 있다면 돈이란 정말 지닐 자격이 있는 사람만이 지니고 있어야 한다는 것이었다.

돈을 가지고 있을 자격이 없는 사람이 그것으로 전횡을 일삼는다면 이 사회는 각종 반칙과 부조리가 판을 치게 되고 급기야는 못 가진 자들의 시기심으로 인해 사건 사고가 하루도 끊이질 않게 되는 것이다.

그래서 담용은 많이 벌어서 돈을 쓸 줄 아는 사람이고 싶었다.

'흠, 명동에서 빌려 온 채권을 써야겠군.'

내심으로 빌려 왔다고 표현은 했지만 기실은 도해합명회사를 침입했을 때, 탁상용 일력에 적힌 '교쿠토 카이'의 명동 사무실 주소를 알고는 슬쩍해 왔던 채권이었다.

물경 800억에 달하는 채권이었고, 온전히 담용의 것이라 할 수 있었다.

'문제는 현찰로 만드는 일인데…… 또 멀대 녀석에게 부탁을 해 봐야 하나? 어라? 가만……!'

무슨 기발한 생각이 떠올랐는지 담용의 뇌리가 빠르게 돌았다.

'그래. 미첼!'

엄청난 재벌을 곁에 두고 웬 엉뚱한 생각이람?

"흠, 그 정도 재벌이라면 무기명채권을 선호하는 것은 당연할 테니 일단 말이나 건네 봐야겠군."

아무튼 잠깐 사이에 생각을 굳힌 담용이 물었다.

"김 변호사님, 지분의 50%가 아니면 투자하지 않겠다고 하십시오."

─에? 50%나요?

"예, 안 되면 말고요."

─아니, 아니. 그게 얼만지나 아시고 하는 소리요?

"그야 모르지요. 얼만데요?"

─포레이버 측에서는 이 어려운 시기를 넘기기 위한 약간의 도움만을 필요로 하는 것이라 거기까지는 잘······.

"그럼 알아보시고 연락을 주세요. 50% 투자가 어렵다면 그만두지요 뭐. 그리고 코람은 요즘 어떤가요?"

─어? 그건 이메일로 보고를 했는데 안 봤소?

"아, 그랬어요?"

─참나. 투자를 해 놓고도 진짜로 신경 안 쓰고 있었던 거요?

"하하······ 좀 바빠 놔서······."

─젠장 할. 먹고 튈 걸 그랬네. 그 정도면 내 몸값으로 적당한데 말이요. 아무튼 알았소. 포레이버 측에 말을 건네는 보겠소. 근데······.

"······?"

─얼마까지 가능하오?

"원하는 만큼요."

─헐! 아, 알았소. 저녁에 연락해 주겠소.

"알겠습니다."

탁!

'에휴. 맛있는 식사라도 한 끼 대접해야겠네.'

아무리 수임료를 지불하는 갑과 을의 관계라고 해도 인간 관계라는 것이 묘해서 몸을 낮추면 낮출수록 이득이 따라오기 마련이라 그렇게 해서라도 관계를 돈독히 해 놓을 필요가 있었다.

"후우. 그나저나 빨리 업무를 처리해 놓고 거길 가 봐야할 텐데……."

오늘만큼은 시간이 '돈'이 아니라 돈보다 더 중요한 '생명'이라 할 수 있는 날이었다.

오늘이 바로 중년인, 심근경색, 니트로글리세린, 병원이란 단어로 대변되는 날이라 해도 과언이 아닌 날이지 않는가?

고로 오늘 오후는 그 일로 꼬박 허비해야 할지도 모른다.

스윽.

손목에 찬 듀얼 시계가 09시 10분을 가리키고 있었다.

'젠장, 지각이로군.'

통화를 하다 보니 어느새 시간이 훌쩍 지나 버린 것이다.

광화문 도해합명회사 사무실.

담용이 지각이라며 허겁지겁 사무실로 들어가고 있을 때, 퀵 서비스 맨이 계단을 몇 개씩이나 뛰어오르며 도해합명회사의 사무실에 도착하고 있었다.

스르르르……

자동문이 열리고 안으로 들어선 퀵서비스 맨의 입에서 으레 해 대는 멘트가 흘러나왔다.

"혼토 우에하라 님이 어느 분이시죠?"

"무슨 일……?"

출입문 가까이서 근무하고 있던 여직원의 말이 끝나기도 전에 퀵 서비스 맨이 서류 봉투를 건넸다.

"자, 여기 인수했다는 사인을 해 주시오."

"네…….

한글로 된 혼토 우에하라의 이름을 확인한 여직원이 사인을 해 주면서 봉투를 뒤집었다.

"어머! 아저씨, 누가 보냈는지 이름이 없어요."

"저도 봤는데요. 그게…… 지하철 물품 보관함에 있는 걸 가지고 오다 보니 저도 사람을 보지 못했어요."

"자, 잠깐만요."

여직원이 부리나케 안쪽 사무실로 들어가고 잠시 후, 경호

책임자인 마쓰다가 튀어나왔다.

"통역해!"

마쓰다가 급히 따라나온 여직원에게 명령하듯 말했다.

"네."

"명함을 달라고 해."

"아저씨, 명함 좀……."

"아예, 명함은 없고 여기…… 스티컵니다."

울긋불긋한 스티커 쪼가리를 받아 든 마쓰다가 다시 말했다.

"정말 못 봤냐고 물어봐."

"네. 아저씨, 보내는 사람을 정말 못 봤어요?"

"예. 전화로 지하철 물품 보관함에 있다고 연락이 왔다니까 자꾸 물으시네."

"비서실장님, 전화로 지하철 물품 보관함에 있는 걸……."

여직원이 열심히 통역하고 있을 때 안쪽 사무실의 문이 벌컥 열리면서 안색이 딱딱하게 변한 하세가와와 마에다가 다급히 뛰어왔다.

하세가와가 마쓰다에게 안쪽을 가리키며 말했다.

"마쓰다! 빨리 들어가 보게."

"아니, 어딜 가는 거요?"

"들어가 보면 알 것이네. 그리고 정 양은 저 사람 내보내."

"네. 아저씨, 어서 가세요."

"······예."

하세가와가 자신의 집무실로 들어가며 마에다를 재촉했다.

"늦으면 생명이 위험할 수도 있으니 한시가 급하네. 서두르게."

"옛!"

'대체 무슨 일이야?'

필시 서류의 내용이 문제가 된 것 같다는 생각이 든 마쓰다가 서둘러 안으로 들어갔다.

"오야붕! 무, 무슨······ 일······입니······까?"

급하게 들어와 방금의 사태에 대해 물으려던 마쓰다가 얼굴이 붉으락푸르락하고 있는 혼토를 보고는 말꼬리를 슬며시 내렸다.

"거기 쪽지를 보고 얘기해."

"······?"

얼굴이 의문부호로 도배가 된 마쓰다가 탁자에 놓인 쪽지를 집었다.

일본어로 된 쪽지를 번역하자면 이렇다.

혼토 보아라. 밀항자이자 밀수범들 중 한 명이 아래 주소에 갇혀 있으니 빨리 데리고 가도록. 늦으면 생명이 위험할 수도 있다. 이번 거래는 여기까지. 공짜로 보내 주는 상품을 본 후에 또 연락하겠다.

그리고 쪽지를 전달한 사람은 아무것도 모르니 곱게 보내도록. 아, 노파심에서 하는 말인데 정치권과 친하다고 함부로 날뛰는 경우, 남은 부하들의 생사는 네가 상상하는 대로 될 것임을 명심해라.

주소 : 경기도 파주시 문산읍 선유리 ○○○-○○번지

"헉! 오, 오야붕!"

"그래, 놈은 지금 우릴 갖고 놀기 좋은 장난감처럼 취급하고 있는 것이다."

"그 , 그렇군요. 동료들을 인질로 하고 있으니…….."

"하세가와가 그러더군."

"예? 뭐, 뭐라고 했습니까?"

"놈이 부하들을 죽이지는 않을 거라고 했다."

"이유가……?"

"몸값을 요구할 확률이 십중팔구라고 예측했단 말이다."

"모, 몸값!"

"나도 그럴듯한 예측이라고 여겨지더군. 한국은 사람을 그리 쉽게 죽이지 못하는 곳이거든."

"오, 오야붕, 하지만 이 일은 아무도 모릅니다."

"그래, 나도 알고 있다. 사이코 같은 녀석이라면 끔찍한 현실이 될 수도 있다는 걸 말이다."

"으으음, 해서는 안 되는 말인 줄 알지만 지금으로서는 놈이 몸값을 요구해 왔으면 좋겠군요."

"하세가와도 그런 말을 하더군. 그리고 과감하면서도 영리한 놈들이라고…… 실력도 있고 조직적이기도 하고……."

듣는 것만으로도 이 정도 스펙이라면 그 어느 단체보다 완벽한 조직이라 여기는 마쓰다.

"그런데 몸값을 요구해 오면 자금이……?"

몽땅 털린 상황이라 마쓰다로서는 몸값을 마련하기도 난감해하는 표정이다.

"어쩔 수 없다."

"예?"

"마쓰다, 네가 야마시타와 노무라증권을 다녀와야겠다."

"오야붕, 저까지 가야 합니까?"

"그래, 놈들의 정체를 모르는 이상 어디서 우리를 감시하고 있는지 알 수 없으니, 우리 스스로 조심하는 수밖에는 없다. 그러니 같이 갔다 오도록. 내용은 야마시타가 모두 알고 있어 업무를 볼 테니까 넌 경호만 하도록 해."

"알겠습니다, 오야붕."

'젠장, 오야붕의 비자금까지 동원해야 하다니…… 으드득.'

오후 13시 25분경 강남 언주로.

담용은 기억 저편에서의 장소를 떠올리며 벌써 25분이나 역삼동 개나리아파트 4거리 근처에서 배회하고 중이었다.

한여름 한낮의 땡볕을 아랑곳하지 않은 담용은 혹시나 자신이 시간을 잘못 알고 있을 수 있어 일찌감치 현장에 와서 대비하고 있었다.

그야말로 쨍쨍, 올여름 장마 같지도 않은 장마가 지나간 날씨는 구름 한 점 없는 하늘이다.

무더위는 사람들을 파김치로 만들었는지 지나가는 행인도 별로 없는 언주로에는 에어컨을 빵빵하게 튼 차량들만이 더운 김을 매연과 함께 흘려 놓고는 무심히 오갈 뿐이다.

그럼에도 불구하고 담용의 시선은 테헤란로와 교차하는 르네상스호텔 방향과 도곡로와 맞닿는 세브란스병원사거리 쪽으로 부지런히 살피는 중이었다.

'이거 참, 피를 말리는 기분이군.'

상황이 발생하는 시각이 점점 다가올수록 입안이 바싹바싹 타들어 가는 기분이다.

태어난 이상 죽는 건 자연의 이치고 벗어날 수 없는 모든 생명의 이치라지만 알고서야 어찌 모른 척할 수 있을까?

설사 불변의 수명판을 건드려 염라대왕의 노여움을 받는다 하더라도 인명을 구할 수 있다면 구해야 하는 것이다.

담용은 이것이 시간을 거슬러 온 자신에게 주어진 임무 중 하나라고 여겼다.

할 수만 있다면 향후로도 그렇게 할 것이다.

'후아! 진짜로 덥구나.'

무더운 날씨에다 차량들이 내뿜는 열기까지 더해져 가로수의 그늘에 서 있어도 소용이 없었다.

이마를 훔치는 손수건은 이미 물기를 짜내야 할 정도로 흥건하게 젖어 있었다.

그렇게 고역 속에서도 1초, 1초 촌음 같은 시간이 흐르고 몸은 삶은 배추처럼 축 늘어져 가고 있을 때다.

담용의 시선이 세브란스병원사거리 쪽으로 향함과 동시에 시선 끝에 들어오는 사람들이 있었다.

내도록 사람이라곤 안 보이더니 한꺼번에 나타난 기분이다.

'아! 건널목.'

빨간불이 켜지는 것으로 보아 아마도 건널목을 건넌 듯했다.

"……!"

무더위에다 오래도록 긴장을 했음인지 시선이 건조해진 느낌이라 눈을 한 번 비비고는 몇 번 깜빡거렸다.

그제야 서너 명의 행인들 틈에 낀 중년 신사가 일목요연하게 들어오면서 담용의 심장도 방망이질을 해 대기 시작했다.

'오, 왔다!'

지팡이를 짚고 중절모까지 쓴 중년 신사는 예전 그대로의 모습이었다.

'이쯤이었던가?'

사실 정확하게 쓰러진 지점까지는 기억이 나지 않았다. 이미 쓰러져 발작하는 상태를 보고 마구 달려왔던 탓에 당시는 주변을 돌아볼 겨를 없었던 것이다.

'흠, 여기가 아니라면 따라갈 수밖에 없겠군.'

예감은 본능이 작용한 육감이지만 행여 하는 마음 역시 무시할 수는 없어 담용의 긴장은 점점 더 고조되어 갔다.

앞서거니 뒤서거니 하며 오는 행인들은 함께하는 일행이 아닌 것만은 분명해 보였다.

그렇지 않았다면 기억의 저편에서 일행이 쓰러졌음에도 그냥 지나쳤을 리가 없지 않은가?

마침내 행인들이 담용의 앞으로 지나치는 시점이다.

슬쩍 곁눈으로 중년 신사를 쳐다보던 담용의 미간이 살짝 찌푸려졌다.

'엉? 왜 저렇게……?'

여기까지 잘 걸어오던 중년 신사의 걸음이 점점 처지면서 무척이나 힘겨워하는 표정이 아닌가?

아울러 얼굴도 점점 더 붉어지는 것으로 보아 심장이 발작하려는 타이밍이 분명해 보였다.

'이런! 저러다가 큰일 나겠다.'

자칫 잘못 쓰러졌다가는 뇌진탕을 당할 수도 있는 일이었다.

'뭐라고 하시든 우선 조치부터 해 놓고 보자.'

결심을 한 담용이 막 중년 신사에게 다가가려는 찰나다.

휘청!

중년 신사의 몸이 비틀한다 싶더니 하필이면 차도 쪽으로 쓰러지는 것이 아닌가?

그것도 앞으로 고꾸라지는 자세여서 이마를 그대로 땅에다 박을 상황이다.

"엇!"

예기치 못한 상황에 담용이 당황할 새도 없이 득달같이 다가들었다. 막 이마가 바닥에 부딪치려는 찰나에 슬라이딩하듯 중년 신사의 머리를 떠받쳤다.

턱!

'휴우ㅡ!'

10년은 감수한 담용이 중년 신사를 급히 바닥에 눕히고는 품속부터 뒤졌다.

그러면서 큰 소리로 외쳤다.

"아저씨, 아저씨! 정신 차리세요!"

그야말로 한시가 급한 상황.

정신을 완전히 잃지는 않았는지 아니면 담용의 고함에 정신을 차렸는지 눈을 게슴츠레 뜨는 중년 신사였다.

그러나 입술에 경련을 일으킬 뿐 말은 하지 못했다.

다행인 것은 코마 상태가 아니라는 것.

"아저씨! 정신을 잃으시면 안 돼요! 눈을 감지도 말고요! 아셨죠?"

그렇게 고함을 치듯 말하면서 중년 신사의 안주머니를 뒤지기 시작했다.

뒤적. 뒤적. 뒤적.

손에 집히는 소지품을 있는 대로 끄집어냈지만 다급한 심정과는 달리 아무리 뒤져도 약이라고는 보이지 않았다.

'아씨. 어디다 둔 거야?'

한데 촌각이 급한 상황에 기름을 붓는 사람이 있었다.

'턱!' 하고 누군가 담용의 어깨를 잡으며 고함을 쳐 댄 것이다.

"이봐! 지금 뭐 하는 짓이야! 너 이 새끼, 지금 퍽치기 한 거지?"

"······!"

담용이 고개를 돌려보니 웬 30대 중반의 건장한 사내가 마치 퍽치기 범인이라도 잡았다는 듯 험악한 표정으로 내려다보고 있었다.

'나참······.'

하기야 사정을 모르니 어찌 보면 사내는 정당한 행동을 하고 있는지도 모른다.

요즘은 그런 경우 이렇게 적극적으로 나서서 행동하는 사람도 드문 일이어서 기껍긴 했지만 지금은 촌각이 급한 상황이었다.

"아저씨, 저 강도 아니니까 빨리 택시든 자가용이든 아무거나 좀 잡아 줘요! 이 아저씨 생명이 위독하다고요!"

그렇게 말하면서도 담용은 주머니를 뒤지는 손을 멈추지 않았다.

"이 자식이 뺑치고 있네! 주머니까지 뒤져 놓고서 뭐? 생명이 위독해! 새끼야! 내가 다 봤어! 네 녀석이 저기 서 있다가 이 아저씨 뒤를 살살 다가가는 것까지 다 봤단 말이다! 알어! 빨리 안 일어나!"

"아니라니까 그러시…… 어?"

와이셔츠 주머니에서 꺼낸 조그만 패스포트를 까뒤집던 담용은 카드 사이에 끼어 있는 조그만 폴리백을 발견하고는 속으로 유레카라고 외쳤다.

그러는 사이 사내의 큰 소리에 지나가던 행인들과 점포의 주인들까지 가세한 구경꾼들이 몰려들었다.

그러거나 말거나 담용은 폴리백에서 조그만 알약, 그러니까 니트로글리세린이라고 하는 하얀 알약을 꺼냈다.

하지만 사내는 구경꾼들이 몰려든 것을 보고는 기세가 등등해져서는 목청이 더 커지고 있었다.

"어라? 이 자식이 들은 척도 안 해! 한 대 얻어맞기 전에 일어나지 못해!"

자신의 위협에도 담용이 꿈쩍도 하지 않자 사내가 어깻죽지를 잡고는 일으켜 세우려고 했다.

정말 눈치 없는 아저씨였다.

상식적으로 생각을 해 봐도 중인환시인 백주 대낮에 퍽치기가 가능하냐고?

"이봐요! 사람이 말을 하면 좀 믿어 봐요!"

탁!

답답했던 나머지 장년인의 손을 거칠게 뿌리치는 담용이다.

뿌리치는 힘이 의외로 억셌던지 덩치가 작지 않았던 사내가 비틀비틀 물러섰다.

"아, 아니. 이 자식이⋯⋯."

하지만 사내의 말에 대꾸도 하지 않은 담용은 눈만 한 번 째려 주고는 다시 쪼그려 앉았다.

사내와 다툴 시간도 마음도 없는 담용은 그저 묵묵히 중년 신사의 입을 벌리고 알약을 혀 밑에 숨기듯 넣어 주고는 입을 다물렸다.

"휴우!"

이 정도의 처치라면 위험한 고비는 넘긴 셈이었다.

이마의 맺힌 땀을 훔치며 숨을 크게 내쉰 담용이 어지럽게 널린 소지품들을 수습했다.

하지만 그 짧은 시간 동안 담용은 몇 바가지의 물을 덮어

쓴 것처럼 전신이 땀으로 흥건히 젖어 있었다.

　그제야 뭔가 이상하다 싶었는지 길길이 날뛰던 장년의 사내도 담용과 아직도 운신을 하지 못하고 중년 신사를 번갈아 쳐다보며 의혹의 표정을 자아냈다.

　'제길. 딱 봐도 사람이 위급한 상황인 걸 알면서 아무도……'

　차를 세워 준다거나 119에 신고하는 사람조차 보이지 않았다.

　참 세상 인심이 야박해졌다는 생각을 한 담용이 막무가내로 차도로 내려섰다.

　이어서 마구 손을 흔들어 대며 택시든 자가용이든 무조건 앞을 가로막았다.

　차량 몇 대가 그냥 지나쳐 갔다.

　보지 않아도 미친놈 취급을 하며 지나쳤을 것이다.

　그래도 정의의 사도는 있었다.

　끼이이익!

　마침내 까만 승용차 한 대가 급브레이크를 밟으며 멈춰 섰다.

　"이봐요! 젊은이 위험하게 왜 그래요?"

　차창을 열고 얼굴을 내민 사람은 의외로 나이가 있어 보이는 중년 부인이었다.

　'이런! 잘못 세웠네.'

순간적으로 드는 생각은 도움을 받지 못할 것이라 시간만 낭비했다는 것이다.

척 보기에도 선글라스를 쓴 멋쟁이에다 참 까다로운 인상처럼 느껴지는 여자였다.

게다가 차량도 중형 세단으로 엄청 고급스러워 보이는 외제 차다.

그 어떤 상황이라도 태워 줄 리가 없는 부유층의 여인.

더구나 시멘트 바닥에 널브러져 있는 환자에다가 자신은 온몸이 땀으로 범벅이 된 채로 바지에는 더러운 오물까지 묻어 있었다.

고급 시트를 버리기에 딱 알맞은 몰골.

거기에 햇빛은 사정없이 내려쬐고 후덥지근한 습도는 모두를 짜증 나게 하고 남는 날씨다.

모든 여건이 거절하기 딱 좋은 상황이라 말을 건네기도 쉽지 않은 일이었지만 그래도 이왕 멈추게 한 것이니 말이라도 건네 보자며 입을 열었다.

꾸우벅.

부탁을 해야 하는 처지라 최대한 정중하게 인사부터 했다.

인사를 하는 것이야말로 상대방의 화를 가라앉히는 처방으로는 최고의 명약이 아닌가?

"여사님, 놀라게 해 드려서 죄송합니다. 위급한 환자가 있어서 무례를 범했습니다. 죄송하지만 환자를 세브란스병원까지만 태워 주시면 감사하겠습니다.”

“어머! 그, 그래요?”

덜컥!

담용의 말에 깜짝 놀란 중년 여인이 얼른 차에서 내렸다.

“……!”

중년 여인의 반응에 초조해하던 담용이 오히려 놀라고 말았다.

지금까지 예상되던 행위를 완전히 무시해 버리는 중년 여인의 반응에 희망이 생긴 것이다.

“어머나! 이, 이를 어째? 총각, 같이 들어서 옮겨요.”

쓰러져 있는 환자를 보더니 적극적인 행동으로 나오는 중년 여인이다.

한데 중년 신사의 다리 쪽을 들려던 중년 여인이 그제야 환자의 얼굴을 봤는지 돌연 까무러칠 정도로 놀라 비명을 지르는 것이 아닌가?

“아악! 혀, 형부!”

“……!”

담용의 눈이 휘둥그레질 때, 기절할 듯이 놀란 중년 여인이 중년 신사의 얼굴 쪽으로 가더니 대뜸 부둥켜안았다.

“형부! 형부! 정신 차리세요! 네? 형부-!”

‘저런! 안정을 취해야 하는데…….’

혼비백산한 정신으로 인해 일시 중년 신사의 지병을 잊어 버린 것 같았다.

이성보다는 감성이 지배하는 상황.

내심 식겁한 담용이 급히 다가갔다.

"혀, 형부! 정신 차려요! 정신을 잃으면 안 돼요. 알았죠?"

눈동자만 돌리고 있는 중년 신사에게 다짐을 주던 여인이 이내 아차 싶었던지 살며시 내려놓고는 담용이 한 것처럼 안 주머니를 뒤지느라 정신이 없다.

아마도 니트로글리세린을 찾는 것이리라.

형부라고 했으니 촌수로 따지면 처제다.

결코 일어나기 쉽지 않은 기막힌 우연이 아닐 수 없다.

아무래도 중년 신사는 이래저래 살아날 팔자였던가 보다.

미리 알고 와서 기다려 준 담용과 일의 번거로움을 덜어 주려고 이렇게 처제까지 나타났으니 죽는 게 더 이상할 것이다.

아무튼 처제같이 가까운 지인이라면 중년 신사의 지병쯤 은 익히 알고 있을 것이고 보면 당연한 행동이었다.

"저…… 여기……."

"……?"

담용이 내미는 알약을 본 중년 여인이 황급히 받아 들더니 의혹의 눈초리를 보내왔다.

"어, 어떻게……?"

"심장에 문제가 있으신 것 같아서 품속을 뒤졌더니 있더라구요. 그래서 방금 한 알 복용시켰습니다."

"아아! 고, 고마워요. 근데 어, 얼마나 지났나요?"

"이제 5분 정도 지났으니 지금 한 알 더 복용시키면 될 겁니다. 그런 다음 속히 병원으로 모시지요."

"그, 그래요. 근데 혀 밑에 끼워 넣었나요? 아니면……?"

"안심하십시오. 그 정도는 상식이니까요."

니트로글리세린은 폭발 성분이 있는 독약이나 마찬가지라 천천히 녹여서 조금씩 식도를 타고 들어가야 하기에 혀 밑에 끼우는 것이다.

담용의 차분한 대응에 중년 여인도 어느 정도 안정이 됐는지 침착하게 알약을 중년 신사의 혀 밑에 끼워 넣었다.

"아아! 천운이에요. 마침 총각 같은 사람이 근처에 있어서 형부가 살았어요. 정말, 정말, 고마워요."

"아직 안심하기에는 이릅니다. 그러니 빨리 차에 태우시지요."

"아, 그, 그래요. 총각이 상체를 좀 들어 줘요."

"아닙니다. 제가 모실 테니 여사님께서는 차 문이나 열어 주세요."

"괜찮겠어요?"

"그럼요. 어서요!"

"……!"

여인은 형부의 덩치가 있어서 우려가 되긴 했지만 급히 뒷좌석의 문을 열었다.

그때였다.

삐뽀. 삐뽀. 삐뽀.

누군가 신고를 했는지 119구급차의 사이렌이 울린다 싶더니 잠시 후, 중앙선을 넘어 유턴하고는 멈춰 섰다.

"아! 다행이에요."

"예. 그러지 않아도 심장에 압박이 가해지면 어쩌나 했는데…… 잘됐네요."

드륵. 드르륵.

"자 자. 비켜 서세요."

들것을 몰고 온 구급대원들은 남자와 여자였다.

구급낭을 들고 곧장 다가와 잠시 환자의 상태를 살피더니 산소 호흡기부터 씌우고는 물어 왔다.

"처음 발견하신 분이 어느 분이세요?"

"예, 접니다."

"증상이 어땠습니까?"

"심장에 문제가 있는지 갑자기 가슴을 움켜잡으며 쓰러지더군요. 그리고 곧 호흡곤란이 왔고요."

덜컹! 드르르륵.

환자를 서둘러 구급차에 실은 여자 구급대원이 물었다.

"시간이 얼마나 지났죠?"

"15분이 다 돼 갑니다."

"혹시 처치한 것이 있나요?"

"비상약이 있을까 싶어서 품속을 뒤졌더니 니트로글리세린이 나오더군요."

"어머나! 그 약이 니트로글리세린인 걸 아셨어요?"

"예, 집안에 심장병 환자가 있었거든요."

뭐, 확인해 볼 것도 아니니 선의의 거짓말이다.

"아, 네. 몇 알 복용시켰죠?"

"방금까지 두 알요."

"잘하셨네요. 당신이 저분을 살렸어요."

여자 구급대원이 뒷좌석에 오르면서 물었다.

"남은 니트로글리세린이 있나요?"

"옆에 계신 보호자분이 가지고 계세요."

담용이 이미 구급차에 타고 있는 중년 여인을 가리켰다.

"아, 네. 그럼……."

"총각! 여기 차 키!"

중년 여인이 자신의 자동차 키를 담용에게 던지며 말을 이었다.

"미안하지만 세브란스병원으로 몰고 와 줘요. 이대로 헤어지기도 그렇잖아요? 부탁해요."

"그럴게요."

광화문 도해합명회사 사무실.

서둘러 들어서는 하세가와를 본 혼토가 급히 물었다.

"다나카의 상태는 어떤가?"

"전화를 드린 그대롭니다."

"의사는 뭐라고 하던가?"

"안정을 취하면 괜찮아질 것이라고 했습니다. 그리고 놈들이 쪽지를 남겼더군요."

"내용은?"

"역시 몸값을 원하더군요."

"얼마나?"

"일단 보시지요."

하세가와가 쪽지를 건네주었다.

역시 일본어로 쓰인 쪽지의 내용은 이랬다.

인질을 무사히 찾았으리라 믿는다.

이제 조건을 말하겠다.

인질의 몸값은 모두 500만 달러다.

몸값을 준비하는 시간은 하루를 주겠다.

그리고 인질 교환은 저번처럼 퀵 서비스를 이용할 테니 그리 알도록.

쾅—!

"뿌드득! 이놈들이 보자 보자 하니까……."

부르르르…….

더 이상 참다못해 분노를 폭발시킨 혼토가 책상을 내려치며 이빨을 갈다 전신을 심하게 떨어 댔다.

부하들의 안전 때문에라도 옴짝달싹도 할 수 없는 혼토로서는 그저 처분만 바라는 입장인 것만도 환장할 판국이다. 한데 여수에서 자금을 몽땅 털어 간 것도 모자라 이제는 적반하장 격으로 몸값까지 요구해 오니, 게거품을 물고 싶은 심정이었다.

이는 엎친 데 덮친 격인 데다 죽어라 죽어라 하는 것과 마찬가지였으니, 당장 까무러치지 않는 것이 다행일 정도다.

"오야붕, 진정하십시오. 놈들은 우리가 이성을 잃고 날뛰기를 바라고 그런 글을 보냈는지도 모릅니다."

"으으…… 마쓰다! 나더러 진정하라고?"

"오야붕, 분기가 치미는 것이야 저희들이라고 다르지 않습니다. 그래도 냉정해야 합니다. 복수할 날은 반드시 옵니다."

"으음. 그래, 복수! 해야지. 아암, 해야 하고말고!"

쾅—!

"그래도 화가 나는 건 어쩔 수 없다! 하세가와!"

"옛, 오야붕!"

"놈들이 어떻게 나올 것 같나?"

"오늘처럼 외딴집이나 폐가를 이용해 인질과 몸값을 교환하리라 봅니다."

"그래, 우리와 마주치지 않으려면 교묘한 수단을 강구하겠지. 마에다!"

"하이! 오야붕!"

"부하들을 있는 대로 동원해서라도 이번에는 반드시 놈들의 꼬리를 잡도록!"

"하이! 오야붕! 기필코 잡겠습니다!"

"오, 오야붕!"

"하세가와, 왜? 할 말이 있나?"

"인질의 안전이 걸려 있는 문젭니다. 재고하시는 게……."

"알아. 내가 그걸 모를 리가 있나? 인질과 몸값은 정상적으로 교환해야지. 내 말은 순순히 당하는 척하면서 허점이 드러날 때 반드시 꼬리를 잡으라는 거다. 이게 잘못된 것 같나?"

"아, 아닙니다. 기발한 생각이십니다."

"야마시타!"

"핫! 오야붕!"

"그대로 당해 준다. 돈을 준비해 놓도록."

"하이!"

BINDER BOOK

신뢰의 무게

저녁 7시경의 서초동 수라한정식.

담용이 예전 원상체인에 근무할 때 미첼과 매튜 그리고 민혜영 이렇게 네 사람이 처음으로 대면한 곳이다. 그리고 이곳에서 식사를 함과 동시에 비즈니스를 했다.

그리고 오늘 저녁, 담용이 약속 장소로 예약한 식당이기도 했다.

약속한 이는 다름 아닌 리엔씨 법무법인의 김기만 변호사와 코람테크로닉스 사장인 허준회 그리고 포레이버 포털 사이트 사장이었다.

주선은 김기만이 했다. 허준회 사장과는 업무 외에 별도로 오랜만에 얼굴을 보기 위함이었지만, 포레이버 포털 사이트

사장은 비즈니스 관계로 만나는 것이었다.

　스르르르…….

　자동 출입문이 열리고 담용이 안으로 들어서자 예전에 민혜영과 관련해 약간의 잡음이 있었던 것을 기억하고 있는 여주인 반갑게 맞아 주었다.

　"어머–! 어서 오세요. 정말 오랜만이에요. 그렇죠?"

　"예, 그러네요. 그동안 안녕하셨지요?"

　"호호홋, 저희야 뭐, 항상 이렇게 잊지 않고 찾아 주시는 손님 덕분에 현상 유지를 하며 살아가는걸요. 근데 너무 훤칠해지셨어요. 못 보는 사이에 좋은 일이 많으셨나 봐요?"

　"하하핫, 그렇게 봐주시니 고맙네요."

　"아니에요. 진심으로 하는 말이에요. 정말 좋아 보여요."

　"하하, 고맙습니다."

　사실 여주인의 말대로 담용이 날이 가면 갈수록 준수해지고 있는 것은 사실이었다.

　머리카락에서는 윤기가 나지 얼굴에서는 빛이 나지 눈은 아기같이 맑지 피부는 점점 뽀얘지지 몸은 날아갈 듯 가볍지…….

　이렇듯 뭐 하나 빠지지 않고 전신이 반질반질하니 마치 '선비를 사흘간 헤어졌다 만나면 마땅히 괄목상대해야 한다.'라는 말과 같이 오랜만에 보는 이들은 여주인처럼 한결같이 하는 말이었다.

바인더북,

여주인의 뜨거운 눈길을 받던 담용이 얼굴이 뜨뜻해지는 것을 무마하려고 얼른 화제를 바꿨다.

"제 손님들은요?"

"네, 모두들 난실에 들어가 계세요. 이리로……."

"아뇨, 잠시만……."

잠시 두리번거리던 담용이 한쪽 구석에 설치된 휴게실을 가리켰다.

"저길 좀 쓸 수 있나요?"

"네, 지금은 아무도 없는 것 같은데요?"

"그럼 잠시 쓸게요."

"제가 아무도 못 들어가게 지키고 있을 테니까 얼마든지 쓰세요."

"고맙습니다만, 그렇게 시간이 많이 걸리진 않을 겁니다."

그렇게 이르고는 성큼성큼 걸어 휴게실 안으로 들어간 담용이 휴대폰을 꺼내 어디론가 전화를 걸었다.

-Hello?

"Hello! Michel. I'm Mr. Yuk."

-Oh! Mr. Yuk. Have you been doing okay(잘 지냈소)?

"I'm doing just fine. And you(잘 지냈어요. 미첼 씨는요)?"

-Me too! What is your call regarding(나도 잘 지냈소. 근데 무슨 일로)?

"I want to enter into business with you(미첼 씨와 거래를 하려고요)."

—business(거래)?

"That's right(예)."

—What kind of business(어떤 거래)?

"Bond(채권입니다)."

—Bond?

"Yes!"

—Registered bond or bearer bond(기명채권 아니면 무기명채권)?

"bearer bond(무기명채권입니다)."

—Oh! good! The type of debt(채권의 종류는)?

"Government bonds and bank debenture(국채와 금융채입니다)."

—Ha Ha Ha, Very good! How long(좋은데! 기간은)?

"Medium and long term(중장기 채권입니다)."

—Oh! Oh! excellent! How much money in the case(오! 썩 마음에 드는군. 금액은 얼마나 되오)?

"About seventy million dollar(대략 7천만 불쯤 됩니다)."

—Wow!

"Possible(가능합니까)?"

—Um. um. I'd like to talk about it in person not

by phone(전화상으로는 곤란하니 만나서 얘기하지요).

"That is just what I had wished for, too(저도 원하는 바입니다)."

—Okay. I need time to think about it. Two days or thereabout. Are you OK(이틀 정도 생각할 시간이 필요한데 그래도 괜찮겠소)?

"No problem(상관없습니다). And……."

—Would you like to say anything else(달리 할 말이 있소)?

"No. I will reserve it for another occasion(다음 기회로 미루지요)."

—I will contact you shortly(곧 연락하지).

"I will wait(기다리겠습니다)."

—Bye.

"Bye."

탁!

미첼과 통화를 끝낸 담용이 중얼거렸다.

"아무래도 만나서 얘기하는 것이 더 좋겠지."

미첼에게 반드시라고 할 정도로 부탁할 것이 있었지만, 전화상으로 말하기에는 민감할 수도 있는 문제였기에 미룰 수밖에 없었다.

부탁이란 다름이 아니었다. 바로 포레이버에 투자를 하게 되면, 결코 적은 금액이 아니라 문제가 발생할 것 같은 예감이 들어서였다. 즉 자금의 출처에 대해 문제가 생길 것에 대비하지 않을 수 없다는 말이다.

복사골복지재단의 명의로 하기에는 한계인 상황이라 비영리법인으로서 더 이상의 자금 축적은 곤란했다.

그래서 담용은 미첼에게 부탁해 자신을 코리아의 펀드 매니저이자 에이전트로 세워 달라고 할 작정이었다. 다시 말해서 코리아에 현지 법인을 세우는 것이 아니라 미첼 슬레이프 사의 자금을 담용에게 맡겨 운용케 하는 다이렉트 펀딩 시스템인 것이다.

물론 문제가 없는 것은 아니지만, 구제금융하라 어떤 식의 자금이든 외국자본이 들어오는 것 자체만으로도 그리 까다롭게 굴지 않고 있어 기회는 더없이 좋았다.

담용은 이를 활용해 자금이 생기는 대로 투자처를 점차 늘려 나갈 생각이었다.

따지고 보면 구제금융하에서는 전 정권의 자제 문제를 이슈화하고 비리 등을 캐내는 것을 제외하고는 기업이나 혹은 여타의 사람들에 대해 자금 출처를 그리 심하게 추적하지는 않았던 기억이 있어 담용이 잔머리를 쓰는 것이다.

스르르……

자동문이 열리고 담용이 휴게실을 나왔다.

"끝나셨어요?"

"아, 예."

"그럼 이리로……."

여주인이 얼른 앞장을 서서 담용을 예약된 난실로 안내했다.

스르르륵.

여주인이 미닫이문을 열자, 만나고자 했던 사람들이 눈에 들어왔다.

그런데 의외로 사람들의 숫자가 많다.

담용과 눈이 마주친 이들이 분분히 자리에서 일어섰다.

김기만 변호사만 아직도 삐쳤는지 담용과 눈이 마주치자마자 고개를 외로 꼬았다.

"아아, 어서들 앉아요. 무슨 대단한 사람이 온 것도 아닌데 왜들 일어나고 그러세요?"

"하하핫, 대단한 사람이라기보다는 사람을 맞이하는 예의 차원에서지요."

"하핫, 제가 제일 늦었나 봅니다. 다들 앉으시지요."

"예, 이쪽으로……."

코람테크로닉스의 허준회 사장이 일부러 비워 놓은 듯한 상석을 권했다.

"감사합니다."

담용이 겸사를 해 보이며 여주인에게 말했다.

"상차림을 인원수대로 맞춰서 부탁합니다."

"네. 그러지 않아도 예약한 인원수보다 많아서 그럴 생각이었어요. 그럼."

살짝 묵례를 한 여주인이 자리를 비키자 담용이 오랜만에 보는 세 남녀에게 알은체를 했다.

"세 분도 그동안 잘 지내셨지요?"

"호호훗. 네, 회장님 덕분에요."

이 자리에 유일한 홍일점인 하인경 과장이 방글방글 웃으며 좌중의 분위기를 밝게 만들었다.

"저도 회장님 덕분에 신바람이 나게 일하고 있습니다."

"저 역시도요."

정호섭 부장과 이희석 과장 역시 담용을 오랜만에 만난 것이 즐거웠던지 싱글벙글했다.

모두들 코람테크로닉스의 창립 멤버로 허준회 사장과 동고동락해 온 사람들이었다. 즉 담용이 투자하기까지 창업 이후 단 한 푼의 월급도 수령하지 못하고 고생했던 열정적인 사람들인 것이다.

이들 세 사람 역시 담용과는 200억 원을 투자할 때 만나고 두 번째 만남인 터였다.

당연하다 하겠지만 그 당시보다는 표정들이 한층 밝아 보였다.

많은 액수의 금액을 투자해 놓고도 감 놔라 뭐 놔라 식의 간섭이 일절 없었으니 이보다 좋을 수 없는 것이다.

"근데 그…… 회장이란 말을 좀 빼지요. 그런 호칭으로 불릴 자격도 안 되지만, 듣다 보니 어째 폭삭 늙어 버린 것 같습니다. 닭살도 돋고요."

"호호호, 달리 부를 호칭이 없어서 그래요. 그렇다고 우리 사장님을 놔두고 똑같은 호칭을 쓸 수도 없으니 말이에요."

"그럼 고문이라고 불러요."

"어? 김 변호사님, 이제 기분이 풀렸어요?"

"아니, 하인경 씨는 내가 언제 기분이 나빴다고 그런 말을 해요?"

"호호홋, 알았어요. 근데 고문이라고요?"

"예, 나이가 30도 안 된 사람이 회장님으로 불린다면 육 사장님도 좀 어색할 겁니다. 코람의 투자자이시니 투자고문 정도면 알맞겠다 싶군요. 어차피 명함을 파서 대외적으로 내세우거나 이용할 것도 아닐 테니, 우리끼리 부르는 호칭으로 적당할 것 같소만……."

"하하하, 김 변호사님 말이 맞아요. 사실 사장이란 말도 닭살이 돋고 있던 참거든요. 이왕이면 사장이란 호칭도 좀 바꿨으면 하네요."

"자 자, 그 문제는 차차 알아보기로 하고 우선 인사부터 하세요."

김기만의 말처럼 코람의 직원들 외에도 두 사람이 더 자리하고 있었다.

담용은 김기만의 말이 있자마자 먼저 일어나서 자신을 소개했다.

"육담용이라고 합니다. 만나서 반갑습니다."

"아, 처음 뵙겠습니다. 포레이버의 공동대표인 김주형입니다."

"같이 공동대표를 맡고 있는 조만생이라고 합니다."

담용과 먼저 악수를 하는 김주형은 30대 초반의 잠을 잘못 잔 것처럼 부스스한 인상이었고, 조만생은 30대 후반 정도에 전체적인 인상이 깔끔한 사람이었다.

김주형과 조만생은 명함을 건넸지만, 담용은 김기만을 힐끗 쳐다보고는 말했다.

"저야 김 변호사님이 계시니 굳이 서로 직접 연락하거나 대면할 일이 없을 것입니다. 혹시라도 도움이 필요하시거나 일이 있으면, 김 변호사님을 통해 연락하시죠. 도움이 되도록 애를 써 보겠습니다."

"알겠습니다."

"그리고 여기…… 사무실이 있는 곳이 데코빌딩 10층이면 코람테크로닉스와 같은……."

담용이 허준회를 쳐다보니 빙긋 웃으며 멋쩍은 듯 머리를 긁어 댔다.

"고문님, 사실 원래는 포레이버와 코람테크로닉스가 같은 층을 쓰다가 어느 날부터 우리가 11층 전부를 사용하다 보니

바인더북

10층으로 옮기게 된 겁니다."

"뭐, 돈이 없다 보니 쫓겨난 거지요, 하하하……."

김주형의 말에 담용이 허준회를 보고 우스갯말을 했다.

"허 사장님, 혹시 포레이버 측을 홀대하지는 않았습니까?"

"아이구, 같은 처지에서 한솥밥을 먹기도 한 사인데 홀대라뇨? 절대 아닙니다."

"하하핫, 잘하셨습니다. 아마 코람테크로닉스가 여태껏 포레이버를 무시하지 않고 잘 대접했다면, 나중에 가서는 큰 도움을 받을 수 있을 것입니다."

"어? 왜 그렇죠?"

"그 이유는 포레이버가 코람테크로닉스보다 열 배 내지 스무 배나 더 큰 기업으로 성장할 것이기 때문이지요."

"예에? 저, 정말입니까?"

"아마 100%일 겁니다."

"푸헐! 그렇게 미래를 잘 알면 아예 길거리에다 자리를 깔지 그러오?"

"하하하핫! 그러지 않아도 늙고 힘이 없어지면 만세력 한 권 들고 다니면서 목 좋은 자리에다 멍석을 깔 생각입니다. 노후에 할 일 없이 놀기보다는 손주들 눈깔사탕이라도 사 주려면 일이 있어야 할 테니까요, 하하하……."

"어머! 고문님은 참 변죽도 좋으세요. 김 변호사님이 그렇게 면박을 줘도 술렁술렁 넘기니 말이에요."

"하 과장님, 사실 지은 죄가 있어서 그래요. 그것만 아니라면 사실 제 한주먹거리도 안 되는 사람이 김 변호사거든요."

"호호홋, 하여간 두 분 재미있으세요."

"그…… 실없는 소리 하지 말고 쇠뿔도 단김에 빼랬다고 음식이 오기 전에 자리가 마련된 안건부터 얘기하는 게 좋겠소."

김기만이 서류 한 장을 담용에게 내밀며 말을 이었다.

"포레이버의 간략한 재정 내역과 향후 자금이 소요될 개괄적인 내역이오."

"흠."

"육 사장님이 자금은 얼마든지 동원할 수 있다고 해서 최대한 잡아 봤소이다. 그런데 50%를 원했지만 33.3% 이상의 지분은 곤란하더군요. 방금 아셨다시피 올해 초에 포레이버 창업자인 김주형 사장과 원게임의 대표 조만생 사장 두 분이 합병을 하다 보니 투자를 한다면 각기 3분의 1씩이어야 한다는 결론이오."

"아, 합병을 하셨군요."

사이트를 이용만 했었던 담용은 전혀 몰랐던 사실이었다.

"거기 서류에 대충 기재해 놨소."

"그렇군요."

김기만의 말처럼 서류에는 히스토리가 대략 기술이 되어 있긴 했다.

1997년에 출범한 포레이버는 포털 서비스 회사였던 포레이버와 온라인 게임 서비스 회사였던 원게임이 2000년 1월에 합병해서 만든 기업임. 포레이버 창업자 김주형 50%, 원게임 창업자 조만생 50%.

"거기 적힌 숫자…… 어떻게…… 투자가 가능한 금액일 것 같소?"

450억 원

김기만이 물을 때 그렇지 않아도 서류에 기재되어 있던 금액이 담용의 눈에 들어왔다.

이 말은 담용이 가세했을 때, 기업의 현재 시가가 450억 × 3 = 1,350억이라는 의미였다.

"아아. 실사는 내가 다 했으니 의심하지 않아도 되오. 육사장님의 이메일에도 실사 내역을 보내 놨으니 나중에 보시면 될 거요. 어차피 보지 않을 테지만…… 케헴!"

"하하핫, 내가 보지 않더라도 만의 하나 잘못됐다면 이상순 대표님 멱살만 잡으면 되죠. 그러면 바로잡아 놓을 건데 뭔 걱정입니까? 그러니 저는 앞으로도 김 변호사님만 믿고 신경 끄고 있을 테니 그렇게 아십시오."

"푸헐! 이젠 뻑 하면 대표님 이름을 팔아먹는군."

"하하하, 그야 제 유일한 백그라운드니까요. 아무튼 투자는 가능한 금액이군요."

미첼과 채권 얘기를 끝내 놓은 상태라 담용의 말투는 자신감이 넘쳤다.

톡톡톡.

서류를 두들기던 담용이 물었다.

"김 사장님, 경쟁 사이트인 넥스터와 경합을 벌이고 있는 걸로 아는데, 혹시 그것과 관계가 있습니까?"

사실 아직까지는 경쟁 사이트인 넥스터에 조금 뒤져 있는 상황이긴 했다.

담용이 기억하기로는 아마도 2004년쯤에 가서야 검색 포털 포레이버가 랭킹 닷컴 조사 결과에 의해 시간당 방문자 숫자 기준으로 생전처음 포털 넥스터를 제친다.

"겸사겸사입니다. 이번에 투자를 받아들이기로 한 애초의 목적이 따로 있었습니다만, 김 변호사님에게 말을 전해 듣고는 프로젝트를 다시 짜게 됐습니다. 물론 그 안에는 경쟁 사이트인 넥스터와의 본격적인 대결 구도도 있지만, 실은 코스닥에 상장하는 걸 우선으로 두고 있지요."

'아! 그렇군. 코스닥 상장이 언제였더라?'

담용이 살짝 전두엽을 건드려 기억을 더듬어 보니 아직 시

일이 남았다는 것을 알았다.

'아! 아직 1년 더 남았구나.'

2002년에 주식을 코스닥 시장에 등록했고, 2008년에 가서야 주식을 거래소 시장, 즉 코스피에 상장을 했던 것까지 기억이 났다.

김주형 사장의 말이 이어졌다.

"차제에 미국 법인까지 설립해 북미 시장부터 진출할 예정입니다. 그 외 몇 가지 사업이 더 계획되어 있는데, 김 변호사님께 실사를 받을 때 제반 관련 자료들을 제출했으니 참고하시기 바랍니다."

"흠, 알겠습니다. 앞으로도 투자 외의 모든 업무 역시 김변호사님과 의논해 주시기 바랍니다."

"그렇게 하겠습니다. 하면 투자금은 언제……?"

"언제까지 필요합니까?"

"늦어도 이번 달까지는 자금이 들어와야 아귀가 맞을 것같습니다만……."

"그럼 다음 주 21일 금요일까지는 김 변호사님께 맡겨 놓도록 하겠습니다."

"아아! 잠시만요."

담용과 김주형의 대화에 갑자기 김기만이 끼어들었다.

"육 사장님, 투자를 최종적으로 결정하기 전에 드릴 말이있소."

"말씀해 보시지요."

"이 시점에서 육 사장님이 꼭 아셔야 될 것이 있는데……."

"뭐죠?"

"포레이버에 투자하려고 희망하는 사람들 중에 육 사장님이 가장 많은 금액을 투자하면서 동시에 가장 적은 지분을 가지게 된다는 것을 알려 드려야 할 것 같소. 그걸 아시고 투자를 결정하기 바라오."

"그럼 김 변호사님께 한마디만 묻죠."

"……?"

"그렇다고 해도 투자하기를 바라는 것 아닙니까?"

"그야…… 맞소."

"그럼 됐습니다. 전 김 변호사님의 애널리스트 못지않은 식견과 제 결정을 믿습니다. 그러니 투자에 대해서는 더 이상 거론하지 않으셔도 됩니다. 아울러 이 결정이 잘못됐더라도 책임을 전가하는 일은 없을 것입니다. 이 말에는 여기 모인 모든 분들이 증인이 될 것입니다."

김기만을 추켜 주는 것으로 체면을 한껏 세워 준 담용이었지만, 실제로는 포레이버의 미래적 가치가 상상을 불허함을 잘 알고 있었기에 단순한 립 서비스에 불과할 뿐이었다.

누구라도 미래의 가치를 안다면 450억이 아니라 당장이라도 더 많은 돈 보따리들을 싸 들고 올 것은 불문가지였다.

이무튼 그렇게 결정지어 놓고는 김주형과 조만생에게 다시 한 번 악수를 청했다.

"잘 부탁드립니다."

"감사합니다. 투자해 주신 데 대한 답례는 실적으로 보답하겠습니다."

"저도 마찬가집니다."

"제 예감에는 두 분이 조금만 더 노력한다면, 향후 10년이 지났을 때 코스피에 상장된 기업 중 10위권 내에 진입할 것 같습니다."

"아이구! 10위권씩이나요?"

"예."

"하하핫. 그 말 한마디에 엄청난 부담이 어깨를 짓누르는 것 같습니다."

'혈, 사실인데⋯⋯.'

"하하핫! 육 사장님이 어지간히도 재벌이 되고 싶은 모양이오."

"그럴 리가요? 재벌은 하늘이 낸다고 하는데, 제가 무슨⋯⋯ 언감생심이지요."

"하늘이 누굴 꼭 정해 놓은 것도 아니잖소? 그건 그렇고 코람테크로닉스도 확장해야 한다니까 들어 보시겠소?"

"아! 그래요?"

"그렇소. 내가 확인했으니까. 근데 육 사장님이 더 이상

여력이 없다면 투자할 사람은 많으니 부담은 갖지 않아도 되오."

"흠, 허 사장님."

"예, 고문님."

"김 변호사님이 확인을 하셨다고 하니 금액이 얼마나 필요한지만 말씀해 주시지요."

"그리 요구하시니 말씀드리지요. 우선은 1차적으로 300억 원이 필요합니다."

"1차로 300억요?"

"예. 고문님도 아시다시피 우리 회사가 C-1을 개발해 24개국에 특허를 출원했고 또 처음부터 해외시장을 노리고 일을 해 왔지 않습니까?"

"그야 익히 알고 있소만……."

애초에 이것을 알기에 투자했던 터였다.

기실 코람테크로닉스가 개발한 디지털 정보를 압축한 기술은 곧 다가올 멀티미디어 시대의 혁신을 가져오는 신개념의 기술이라 할 수 있었다.

달리 '산업동영상압축기술'이라고 할 수 있는 것으로 엄청난 정보를 압축해 짧은 시간에 많은 정보량을 저장하는 기술인 것이다.

그것이 바로 제품으로 나온 C-1이었다.

물론 현재도 동영상을 압축해 짧은 시간에 저장하는 인코

더(encoder)가 있긴 하지만, 문제는 가격이 너무 비싸다는 점이다.

그것도 물경 삼천만 원이라는 고가였다.

그런데 그렇게 비싼 인코더의 가격을 코람테그로닉스가 백만 원 대 수준으로 낮추는 기술을 개발한 것이다.

이러니 시장성이야 두말할 것도 없는 일이었다.

더욱이 국내보다는 해외시장을 타깃으로 삼아 개발한 것이라 세계의 시장에 30분의 1밖에 안 되는 가격으로 제품을 내놓는다면 기존의 인코더 시장을 완전히 장악하는 것은 시간문제였다.

'하긴 지금쯤 생산량을 증가하지 않으면 안 될 정도로 주문이 쇄도하고 있을 테지.'

이는 곧 공장의 확장을 뜻했다.

그러면 당연히 자금이 필요한 법.

물론 시간만 지난다면 자체적으로 자금 조달이 가능할 수 있겠지만, 자칫 시간을 끌다가 복제품이나 유사품이 나오지 말란 법이 없었다.

특허?

24개국에 특허를 출원했다지만 그 외의 국가에서 제3자가 특허를 출원해 제품을 수출한다거나 혹은 유사품으로 기존의 시장을 어지럽힌다면 실상 제재할 방법이 없다.

이를테면 이렇다.

C-1의 공식 가격이 백만 원인데 복제품 또는 해적판이 10분의 1인 십만 원으로 시장에 나온다면, 당장은 싼 맛에 십만 원짜리 몇 개를 사서 급한 대로 사용할 수 있다는 얘기다. 즉 정품 한 개 가격에 복제품 10개를 사서 사용하는 경우가 비일비재하게 발생한다는 뜻이다.

특히 정품의 공급량이 한정되어 있다면 복제품의 횡포는 더 기승을 부리게 될 확률이 농후하다.

이를 사전에 제지하는 방법은 딱 한 가지. 바로 대량으로 생산함으로써 판매가를 조금이라도 싸게 책정해 시장에 내놓는 것이다.

복제품이라도 어느 정도의 성능을 유지하려면 그만큼 생산 설비 등에 투자를 할 수밖에 없다. 그래서 원가라는 것이 있기 마련이고, 판매가를 십만 원 이하로 낮출 수가 없다.

이 때문에 정품이 제대로만 공급된다면 복제품과 경쟁력을 가지기에 충분한 것이다.

"처음 고문님이 투자할 때와는 다르게 저희도 많이 성장했습니다. 그러다 보니 초창기와는 또 다른 고민이 생겼지요. 바로 C-1의 공급이 원활해지려면 생산 시설이 확장되어야 합니다. 그래서 경영진에서 의논한 결과, 수익금으로 재투자를 하기에는 시간이 많이 걸리니 외부에서 투자를 받아서 실행하는 것이 낫다는 결론을 얻었지요."

"그래서 얻은 결론이 300억입니까?"

"예, 그 자금은 국내에 마지막으로 투자되는 것이고 향후부터는 수익금 절반에 투자금 절반을 합해서 중국이나 인도 혹은 베트남에 생산 설비를 마련해 인코더〈encoder〉 시장을 독점할 생각입니다."

"알겠습니다. 1차로 계획한 자금 300억은 제가 마련해 드리도록 하겠습니다."

"아! 그래 주시겠습니까?"

"어머나! 이번에도 고문님께서 애를 써 주시게요?"

담용의 결정에 허준회를 비롯한 직원들의 안색이 활짝 펴졌다.

그도 그럴 것이 투자자로서의 담용은 회사 입장에서는 무척이나 편안한 상대다. 이유는 경영에 참여하거나 일절 간섭을 하지 않기 때문이다.

이를 옆에서 지켜보고 있던 김주형과 조만생은 서로를 쳐다보면서 담용의 자금 동원 능력에 놀라는 것과 동시에 반신반의하는 표정을 자아내고 있었다.

하지만 코람테크로닉스가 이미 투자를 받았고, 로펌의 변호사까지 참석하고 있는 마당에 의심의 표정을 짓는다는 게 큰 실례라 여겨 금방 얼굴에서 지워 버렸다.

다만 이제 갓 서른 살이 됐을 법한 청년이 물경 750억, 아니 이미 투자한 200억까지 합한다면 950억 원이란 거액의 돈을 융통할 수 있다는 사실 자체가 그야말로 놀랍기 그지

없었다.

그와 동시에 거의 1,000억에 가까운 돈이 어디서 나왔느냐는 의문이 드는 것도 사실이라 그런 마음이 쉽게 지워지지는 않았다.

그런 두 사람의 귀로 담용의 호탕한 웃음소리가 들려왔고, 둘은 그 의문을 일단 21일까지 접어 두기로 했다.

"하하핫. 예, 어쩌겠습니까? 아직은 코람테크로닉스가 수익금으로 재투자하기 바빠서 자금의 여력이 없으니 말입니다. 빨리 제 궤도에 올라서야 저도 수입이 있을 것 아닙니까?"

"호호홋, 한마디로 말하면 저희한테 코가 꿰인 거네요?"

"꿰여도 단단히 꿰인 것 같은데요?"

"호호호, 하면 자금 출자는 언제쯤 가능하겠어요?"

"이왕이면 포레이버와 같은 21일이면 좋겠는데⋯⋯."

"사장님, 21일이면 충분하죠?"

"그야 하 부장도 알고 있잖아?"

"어? 부장이었어요?"

"호호호. 네, 정호용 부장은 이사이고요 이희석 과장은 저와 같이 부장이 됐어요."

"이런 실례가 있나? 세 분, 미안합니다."

"어머! 아니에요. 고생하던 그 시절의 직함에도 아직 애정이 식지 않고 있는걸요."

바인더북

"하하핫, 물론 그때가 있었기에 지금이 있으니 당시를 어찌 잊을 수가 있겠습니까? 하 부장님은 감성이 참 풍부하시군요."

"호호호……."

담용의 칭찬에 입을 가리고 웃는 하인경의 얼굴이 조금 붉어졌다.

"자 자, 김 변호사님."

"나 도망 안 갔소."

"21일에 750억을 마련해 드릴 테니 이번에도 잘 부탁합니다."

"그거…… 거액이라 내가 들고 튈 수도 있다는 걸 알고 있기나 하오?"

"그래 봤자 이상순 대표님 멱살만 잡고 있으면 다시 돌아오실 거잖아요?"

"끙. 거…… 그러다가 진짜로 노인네 멱살을 잡겠소."

"하긴 말하는 저도 찝찝하던 차입니다. 말이 씨가 되는 법이라고 했으니, 김 변호사님도 이제 그런 말은 그만두시지요."

"쿵! 아, 알았소. 한데 말이오?"

"……?"

"그거 알고 있소?"

"뭘요?"

"신뢰의 무게가 마음을 무겁게 한다는 것 말이오."

"아아, 알고 있지만 전 이런 말이 더 좋네요. 신뢰의 무게가 마음을 기쁘게도 한다. 어때요?"

"끄응. 져, 졌소이다."

"참내, 이게 어디 서로 지고 이기고 하는 게임입니까? 그런 말을 하시게?"

"아무튼 졌소. 그나저나…… 어? 그러고 보니 내가 이 말을 여기서 해도 되는지 모르겠네."

"뭔데 그래요? 이제 모두 한식구나 마찬가진데 할 말 못할 말이 뭐가 있다고 그래요?"

"에이, 그럽시다. 까짓것."

"……?"

"저기…… 코람도 그렇고 포레이버도 그렇고…… 투자액을 다 합치면 무려 1,000억에 가깝소. 200억을 투자했을 때야 내 능력으로 어찌어찌 무마해 왔지만 이번 750억은 좀 버겁소. 그러니 이번에는 육 사장님이 자금 출처를 밝힐 수 있어야만 뒤탈이 없을 것 같소이다."

"하하핫, 난 또 뭐라고…… 김 변호사님 능력이라면 그 정도 금액은 처리할 능력이 되지 않습니까?"

"끄응, 무리하면 안 될 것도 없지만…… 뭐, 세상이 복잡해진 만큼 그에 걸맞은 법들이 새로 생겨났지만, 그만큼 빠져나갈 구멍도 덩달아 생겨난 건 사실이오. 이 말은 법에 문제가 있다는 뜻이 아니라 그 법을 다루는 사람이 문제라는 거요."

즉 돈으로 기름칠을 한다면 안 될 것이 없다는 말이다.

"하지만 긴 안목으로 봤을 때는 투자자나 투자를 유치하는 사업체나 어느 정도 투명성을 가져야 일정한 궤도에 올라설 수 있소. 내 말 이해하겠소?"

"물론 이해하고말고요. 적으나 많으나 돈이 움직이는 데는 거기에 걸맞은 합당한 이유가 있듯이 제게도 이렇게 많은 자금을 출자할 수 있었던 이유가 있지요. 제게서 나오는 자금은 전부 호주의 대목장주이자 사업가인 미첼 씨에게서 나오는 것입니다."

"에? 호, 호주? 오스트레일리아 말이오?"

"예, 바로 캥거루의 나라 호주가 맞습니다. 미첼 씨는 슬레이프사의 대표이시기도 한데, 저는 그분이 선택한 코리아의 유일한 펀드 매니저이자 에이전트입니다."

"한국에 법인이 있는 것이 아니고요?"

"유감스럽게도 없습니다."

"그걸 증명할 수 있겠소?"

"당연하지요. 호주에서 한국으로 들어온 자금이라는 증명만 하면 되겠지요?"

"그야 당연히…… 한데 그 많은 돈을 육 사장님이 마음대로 쥐고 흔들어도 되는 거요?"

"투자 조건이나 반대급부를 말하는 것이라면 당연히 '예스'라고 대답할 수 있습니다. 김 변호사님의 수임료까지도요."

"헐! 그 정도면 뭐…… 혹시 미첼이란 분의 숨겨 둔 아들이라도 되오?"

"아니, 뭐, 뭐요? 내 어디를 봐서 노랑머리에 코쟁이란 말이오?"

"아니면 말지 흥분은 왜 하고 난리……."

"크크큭."

"키키키킥."

스르르륵.

"자, 식사들 하세요."

인질 교환 작전

2000년 7월 13일 오전 10시경의 남양주시 별내면.

아직 재개발이 되기 전인 별내면은 어디서나 흔히 볼 수 있는 시골 풍경이나 다름없어 한적한 분위기를 자아내고 있었다.

별내 공인중개사 사무소에 한 명의 어수룩해 보이는 사내가 찾아와 김 사장에게 쪽지를 내밀며 어눌한 목소리로 물었다.

"이 주소을 차자가러몬 어터케 가면 돼요?"

"허어, 말투를 보니 일본에서 온 재일 교포인가 보오."

"고로스미다."

"에 또…… 여기가……."

야쿠자인 줄도 모르고 김 사장 딴에는 일본에서 온 동포라는 생각에 친절하게도 길을 가르쳐 주었다.

그리고 10분이 지난 후 갑자기 조용한 시골 분위기를 깨는 한 대의 승합차가 마을로 질주를 해 왔다.

부아아앙-!

시끄러우면서도 고음의 엔진음을 내는 승합차가 좁은 마을길을 곡예하듯 통과한다 싶더니, 이윽고 길이 막힌 야산 어귀에서 멈췄다.

이어서 벌컥벌컥 승합차의 문이 열리더니 네 명의 사내가 나타났다.

"기무라, 여기가 확실해!"

"쇼타 님, 몇 번이나 물어서 찾아온 곳이니 틀리지 않을 겁니다."

조금 크다 싶은 등산 배낭을 등에 멘 쇼타의 물음에 기무라가 확신하듯 대답했다.

"요시, 어서 올라가자!"

"핫!"

네 명의 사내가 빠르게 야산을 오르자 곧 폐허가 되어 버리다시피 한 농가가 나타났다.

"저, 저기 농가가 있다! 서둘러!"

"옛!"

"다다시!"

"핫! 오야붕."

"넌 여기서 뒤로 처져라."

"알겠습니다."

"꼭 성공하도록."

"핫!"

항거할 수 없는 무언의 눈빛으로 다다시에게 힘을 실어 준 쇼타가 앞장서서 폐가로 다가가며 시간을 확인했다.

10시 5분.

"기무라, 5분 경과다. 빨리 움직여!"

"다 왔습니다. 문을 열겠습니다."

"그래."

벌컥!

"안에 누가 있나?"

기무라가 문을 열자마자 컴컴한 실내를 향해 쇼타가 소리쳤다.

"으으읍. 으으읍."

신음 같은 미약한 목소리가 들려오자 플래시를 켠 기무라가 먼저 득달같이 뛰어 들어갔다.

"켄타! 넌 입구를 지켜!"

"옛!"

켄타에게 명령을 내린 쇼타가 안으로 들어서자 기무라가 소리쳤다.

"쇼타 님, 슈스케와 타츠야입니다."

"난 연락을 할 테니 넌 빨리 풀어 줘!"

쇼타가 꽁꽁 묶이다 못해 포대기에 감싸인 채 안대까지 하고 있는 동료들을 살피면서 휴대폰으로 전화를 걸었다.

광화문의 도해합명회사.

띠리링. 띠리리링.

철컥!

탁자 위의 전화벨이 울리자마자 마쓰다가 얼른 전화기를 집어 들고는 외치듯 내뱉었다.

"쇼타?"

-하이! 마쓰다 님.

손목시계를 확인하던 마쓰다가 눈살을 찌푸렸다.

"5분 경과다. 왜 이렇게 늦었나?"

-죄, 죄송합니다."

"됐다. 여긴 본토가 아니니까. 잠깐 기다려!"

"핫!"

쇼타를 대기시킨 마쓰다가 옆에 대기하고 있는 사내에게 명령했다.

"유타, 히로시에게 출발하라고 해!"

바인더북

"알겠습니다."

유타에게 명령을 내린 마쓰다가 다시 전화기를 들었다.

"쇼타, 거긴 누가 있나?

ㅡ슈스케와 타츠야입니다.

"알았다. 추적은 누가 맡았지?"

ㅡ다다시입니다.

"빠르겠지?"

ㅡ저희 조에서는 제일 빠릅니다.

"알았다. 돈 가방을 놔두고 속히 귀환하도록. 다른 곳도 가야 하니 서둘러!"

"하이!"

딸깍.

전화를 내려놓는 마쓰다에게 그새 얼굴이 반쪽이 되어 버린 혼토가 물었다.

"슈스케와 타츠야라면……?"

"예, 아마 사토 요시오 님의 부하일 것입니다."

"들어 보지 못한 이름이니 그렇겠지."

쿵.

"영악한 놈들 같으니…….."

탁자를 가볍게 내려친 혼토는 손을 바들바들 떨어 대면서도 눈은 바로 눈앞의 쪽지를 뚫어져라 노려보았다.

예의 쪽지는 퀵 서비스가 배달한 것으로 내용은 이랬다.

인질과 돈을 교환하는 방안을 알려 주겠다. 인질들은 각기 두 명씩 차량으로 한 시간 이내인 폐가에 있다. 500만 달러를 50만 달러씩 열 뭉치로 나눠 인질들을 찾을 때마다 하나씩 그 자리에 놔두고 떠날 것. 다음 인질은 퀵 서비스를 통해 한 시간 후에 장소를 알려 주겠다. 이후로도 그런 식으로 알려 줄 것이니 준비하고 있도록. 단 허튼수작을 방지하기 위해 사토 요시오는 몸값을 요구하지 않는 대신 마지막까지 인질이 되어 원만한 교환이 되기 위한 담보물 역할을 할 것임을 명심해라. 거래가 원만히 이루어진다면 사토 요시오는 그대의 품에 안겨 있을 것이다.

"빌어먹을…… 반드시 반드시…… 씹어 먹고 말 테다. 조센징이 감히…… 으드득."

혼토가 이빨을 갈더니 분기를 가까스로 참아 내며 몇 번이고 탁자를 쳐 댔다.

하지만 지금으로서는 부하들을 구하는 것보다 중요한 일이 없었던 터라 기분이 내키는 대로 움치고 뛸 수 있는 상황이 아니었다.

그렇게 억지로라도 화를 다스리는 동안 또다시 한 시간이 흘렀는지 전화벨이 울렸다.

띠리링. 띠리리링.

전화는 필시 한 시간 전에 인질을 구하러 출발했던 히로시에게서 온 것일 터였다.

털컥.

시간에 맞춰 약속이나 한 듯 출입문이 열리면서 여직원인 미스 정이 안으로 들어왔다.

"사장님, 퀵 서비스가 가져온 봉투예요."

"거기 두고 나가!"

"……네."

혼토의 역정에 아무것도 모르는 미스 정이 시무룩해져서는 봉투를 두고 나갔다.

이에 얼른 하세가와가 봉투 안에 든 쪽지를 꺼냈다.

-경기 성남시 분당구 판교동 ○ ○ ○ - ○ ○ (농기구 창고)

警告 : 衷と言うもんが成立したことを知らせる。やつを生かすば. 年俸を用意するように(경고 : 다다시란 놈이 잡혔음을 알린다. 놈을 살리고 싶으면 몸값을 준비하도록).

"마쓰다, 다다시가 잡혔다고 하네."

"뭐요? 다다시가 잡혀요?"

얼른 쪽지를 집어 내용을 확인한 마쓰다의 얼굴이 참혹하게 일그러졌다.

"오, 오야붕."

"보통 놈들이 아니라는 걸 몰랐나?"

"……!"

"아키라만 남기고 다 철수시켜!"

"아, 알겠습니다."

"아키라에게는 다시 한 번 철두철미하게 주의를 줘."

"옛!"

팀원들과 함께 야쿠자들과 피를 말리는 인질 교환 작전을 하고 있던 담용은 마침내 4일 만에 강인한의 전화를 받고 있었다.

"찾았어?"

─예, 형님.

"어디서 찾았어?"

─화정역 지하철에서요.

"뭐라? 아니, 왜? 주엽역이 아니었어?"

─샅샅이 뒤져도 보이지 않기에 범위를 좀 넓혀 봤는데, 여기에 있지 않겠습니까?

"후우─! 그래, 수고했다. 지금 어떻게 하고 있어?"

─반노숙잔데요?

"젠장. 목욕을 시키고 옷을 갈아입혀 놔. 놓치지 말고."

─히히히, 우리를 깡패로 알고 있어서 도망은 안 갈 것 같은데요?

"무례하지 마라."

―에이, 설마요? 형님 친구분인데. 지금 올 거예요?

"아니, 내일 갈게. 지금 야쿠자 놈들이랑 한바탕하고 있는 중이라서 말이다."

―쳇! 신 나는 일은 형님들이 다 하고 우린 이게 뭐야? 이 땡볕에 젤로 지겨워하는 사람이나 찾아다니고.

"인마, 불만 갖지 마. 여긴 지금 죽느냐 사느냐 하는 살벌한 현장이니까."

아예 더는 찍소리도 못 하게 공갈을 쳐 대는 담용이다.

―아, 알았어요. 내일 봐요.

"그래, 수고해."

다음 권으로 이어집니다

꿈의 도약, 로크에서 하십시오
(주)로크미디어에서 신인 작가를 모십니다

즐거운 세상, 로크미디어는 꿈을 사랑하고 도전을 두려워하지 않는 작가 분들의 참신한 작품을 기다리고 있습니다. 21세기 장르 문학계를 이끌어 갈 차세대 선두 주자 (주)로크미디어에서 여러분의 나래를 활짝 펴 보시길 바랍니다.

모집 분야 판타지와 무협을 포함한 장르 문학
모집 대상 아마추어 작가, 인터넷 작가
모집 기한 수시 모집
   작품 접수 시 유의 사항
   1. 파일명은 작가명_작품명.hwp형식을 갖춰 주십시오.
   1. 파일에 들어갈 내용은 다음과 같습니다.
      － 성명(필명인 경우 실명을 밝혀 주세요), 연락처, 이메일 주소.
      － 제목, 기획 의도.
      － A4용지 1장 분량의 등장인물 소개.
      － A4용지 2장 분량의 전체 줄거리.
      － 본문.
   1. 작품이 인터넷에 연재되고 있다면, 게시판명과 사이트의 구체적이고 정확한 주소를 기재해 주십시오.

선택된 작품은 정식 계약 후 출판물로 간행되어 전국 서점에 유통됩니다.
작가 분은 (주)로크미디어의 전폭적인 지원하에 전속 작가로 활동하시게 됩니다.
※ 자세한 내용은 로크미디어 홈페이지(rokmedia.com)를 참조하세요.

(140 − 133)서울시 용산구 원효로97길 46 진여원빌딩 5층
(주)로크미디어 편집부 신간 기획 담당자 앞
전화 : 02 − 3273 − 5135
www.rokmedia.com   이메일 : rokmedia@empas.com